매일 조금씩 나아지는 당신을 응원하며,

_____ 께 드립니다.

나라면
나와 결혼할까

나라면 나와 결혼할까

펴낸날 2022년 8월 10일 1판 1쇄

지은이_후이
옮긴이_최인애
펴낸이_김영선
책임교정_정아영
교정교열_이교숙, 남은영, 이라야, 나지원
경영지원_최은정
디자인_바이텍스트
일러스트_포노멀
마케팅_신용천

펴낸곳 (주)다빈치하우스-미디어숲
주소 경기도 고양시 일산서구 고양대로632번길 60, 207호
전화 (02) 323-7234
팩스 (02) 323-0253
홈페이지 www.mfbook.co.kr
이메일 dhhard@naver.com (원고투고)
출판등록번호 제 2-2767호

값 16,800원
ISBN 979-11-5874-159-4 (03800)

매일 조금씩 나아지는
나를 응원해

나라면 나와 결혼할까?

후이 지음
최인애 옮김

미디어숲

나는 나를 사랑해

저는 시간을 잘 따지는 사람이 아닙니다.

얼마나 시간이 흘렀는지 생각하다 보면 거스를 수 없는 세월의 흐름이 느껴져 어쩐지 슬퍼지거든요. 하지만 글에 있어서 만큼은 시간의 흐름을 꼭 따지고 반기는 편입니다.

글은 묵으면 묵을수록, 다시 말해 세월의 세례를 받을수록 무게감이 더해지기 때문이죠. 물론 세월이 흐른 만큼 더 많은 사람에게 읽혔다는 뜻도 되고요.

누군가는 기억하고, 누군가는 잊었겠지만 말입니다.

지난 4년이라는 시간 동안 저도 참 많이 변했습니다.

새 책을 펴내고, 새로운 일도 시작했지요.

심적으로도 많은 변화가 있었습니다.

하지만 세상을 보는 시선만큼은 여전합니다.

올해는 해외로 여행을 떠날 수 없어서 국내를 돌아다니며

여러 가지 일을 경험하고 마음에 듬뿍 담아 왔습니다.

나고 자란 만큼 이미 잘 안다고 생각했던 이 땅에 그토록 새로운 면모가 많을 줄 몰랐습니다.

역시 어디든 떠나고 볼 일입니다. 아주 즐거웠습니다.

여태껏 살면서 한순간에 업계 유명인사가 된 젊은 친구도 봤고, 파산 위기에서 인생 역전을 해낸 사장님도 봤습니다.

난치병에 걸렸다 기적적으로 회복한 환자도, 편벽한 시골 마을에서 백 세 장수를 누리는 노인도 만나 보았지요.

그들은 모두 하늘의 보살핌을 받은 사람들이었습니다.

그들을 떠올리면 '행운'이라는 단어가 절로 함께 떠오릅니다.

하지만 조금 더 가까이 다가가 자세히 들여다보면 미처 보지 못했던 부분을 발견하게 됩니다. 한순간 유명인사가 된 젊은 친구가 사실은 5개 국어를 능숙하게 하기 위해 얼마나 많은 준비를 해 왔는지를, 파산의 위기에서 인생 역전을 겪은 사장님이 사실은 최악의 순간에도 수십 페이지에 달하는 사업계획서를 쓰고 기획할 만큼 냉정과 열정을 잃지 않았다는 것을.

난치병을 선고받은 환자였지만, 그 이후 죽음을 이겨낼 만큼 혹독한 생활과 음식 조절, 초긍정적인 마음가짐으로 삶에 더욱 매진했다는 것을.

백세 노인이 세상 그 누구도 부러워하지 않고, 언제나 자신에게 주어진 모든 것을 감사히 여기며 늘 평온한 마음을 유지했다는 것을.

이들은 부러움을 살 만합니다. 하늘의 지시를 받듯 천운을 받은 인생들인 것 같습니다.

하지만 이들에게는 '행운' 말고도 또 하나의 공통점이 있었습니다. 바로 행운이 오기 전부터 스스로에게 빚을 남기지 않는 사람들이었다는 점입니다.

이들의 인생을 부러워만 하지 않고 또 다른 깨달음을 얻을 수 있는 사람은 자신의 인생도 풍성히 만들 수 있을 겁니다.

✦ ✦

이 세상은 당신을 온 힘을 다해 사랑하고 있습니다.
하지만 더 중요한 게 있습니다.
세상이 당신을 사랑하기 전에 당신이 먼저 자기 자신을
사랑해야 합니다.
조용히 마음의 소리에 귀를 기울이며 이렇게 물어보세요.

'나라면... 나와 결혼할 수 있을까?'

저자 후이

살다 보면 생각지도 못한 시기에
예상치도 못한 곳에서 진짜 인연을 만난다.
그러니 떠나간 옛사람이 아니라,
다가올 그 사람을 위해 지금의 나는 준비해야 하지 않을까?

사
랑

품위와
결혼하다

품위 있는 사람과의 결혼은
최소한의 안전장치를 확보하는 것이다.

#1

왜 나를 사랑해?

그가 물었을 때 나는 선뜻 대답하지 못했다. 곰곰이 생각해 보았지만 딱히 떠오르는 게 없었다. 외모? 키? 직업? 수입? 모두인 것 같기도, 전부 다 아닌 것 같기도 했다.

사랑은 끌림에서 시작된다지. 그럼 나는 그의 무엇에 끌렸을까?

✦ ✦

그래, 아마도 나는 그의 품위에 끌렸을 것이다.

잠시 옛날이야기를 해 보려 한다.

대학 시절에 잠시 호감을 느낀 남자 선배가 있었다. 큰 키에 잘생기고 심지어 공부도 잘했으니 저절로 눈길이 갔다고나 할까. 과 수석으로 들어와서 학기마다 장학금을 놓치지 않던 그가 그때는 참 멋져 보였다.

그러다 그 선배와 함께 과 모임을 기획하게 됐다. 난 동기들에게 연락하는 일을 맡았고, 선배는 음식점을 예약했다. 전화를 돌리는 사이사이 선배가 음식점에 예약을 문의하는 통화 소리가 들렸다.

  "여보세요, A식당이죠? 오늘 저녁 7시에 10명 식사 예약하려고
요. 네, 단독 룸으로 가능할까요?"
  "여보세요, B주점이죠? 오늘 저녁에 예약 좀 하려고 하는데요.
저녁 7시, 10명이요."

  선배는 이렇게 여러 곳에 예약 전화를 걸었다. 이상함을 느낀
나는 선배가 통화를 마치길 기다렸다가 물었다.

  "벌써 여러 곳에 전화한 것 같던데 설마 다 예약이 안 된대요?"

  그는 잠시 멍하게 나를 보더니 이내 웃음을 터뜨렸다.

  "아냐, 전부 예약했어. 그냥 여러 곳 잡아 둔 거야. 예약하는 데
돈 드는 것도 아니고 뭐 어때. 애들 모이면 어디로 갈지 물어보고
그리로 가자."

  그는 의기양양하게 눈을 찡긋했지만 나는 그만 할 말을 잃고
말았다.

선배가 졸업한 뒤, 나는 더는 그와 연락하지 않았다. 어설프게 타던 썸도 자연히 사라졌다.

재밌는 점은 나 말고도 대부분의 동기가 그와 연락을 끊었다는 것이다. 그뿐만 아니라 마치 그런 사람은 존재한 적조차 없다는 듯 아무도 그를 떠올리지 않았다.

자영업자들이 하루하루 얼마나 힘들게 버티는지, 알 만한 사람은 다 안다. 매일 매일이 생존 싸움이라 해도 과언이 아니다. 만약 손님이 예약해 놓고 오지 않는다면 얼마나 손해가 클까? 그런데도 예약금 한 푼 요구하지 않고 예약을 받아 주는 까닭은 암묵적 신뢰가 있기 때문이다. 약속을 했으니 반드시 올 것이라는 믿음.

그 믿음을 아무렇지도 않게 저버리면서 양심의 가책 하나 느끼지 않는 사람은 대체 어떤 사람일까? 품위가 부족한 사람이라 해도 되지 않을까?

'하나를 보면 열은 안다.'는 말이 있다. 타인을 이렇게 대하는 사람은 친구도, 애인도, 동료도, 심지어 가족도 이런 식으로 대할 수 있겠지. 그런 사람이라면 아무리 대단한 인재라 한들 누구에게도 환영받지 못할 것이다.

✦ ✦

많이 배운다고 저절로 품위가 생기는 것은 아니다.
지식에 자기 수양이 더해질 때,
비로소 품위가 생긴다.

#2

　친구가 주선한 소개팅에 나갔을 때의 일이다.

　약속된 카페에 도착하니 명품 양복을 차려입은 남자가 환하게
웃으며 악수를 청해 왔다. 훤칠하고 예의 바른 모습, 첫인상은 나
쁘지 않았다. 마실 것과 먹을 것을 주문하고 자리에 앉자마자 남
자는 능수능란하게 대화를 이끌어 갔다. 주로 자신이 세계 각지
를 여행하면서 얻은 견문을 신나게 늘어놓았다. 내가 이야기를
너무 잘 들어 줘서 그런가, 남자는 잔뜩 흥이 나서 자기도 모르게
전자 담배를 피우기 시작했다.

　잠시 후 아르바이트생이 다가와 실내에서는 금연이니 담배를
꺼 달라고 부탁했다. 남자는 담배를 끄면서 잔뜩 화가 난 어투로
내뱉었다.

"이거 전자 담배야, 니코틴 없어서 피해도 안 준다고. 무식하기는. 뭐 대단한 가게도 아닌데 예민하게 굴어?"

잠시 후 주문한 커피와 케이크가 나왔다. 그런데 채 포크를 들기도 전에 남자가 소리를 질렀다.

"이게 뭐야, 벌레잖아!"

눈을 크게 뜨고 자세히 보니 과연 접시 가장자리에 날파리 한 마리가 붙어 있었다.

곧 아르바이트생이 당황한 얼굴로 달려와 연신 사과하고 새로운 케이크를 가져다주겠다고 했다. 하지만 그는 입가를 일그러뜨리며 이렇게 말했다.

"이미 입맛이 떨어졌는데 새 케이크가 다 무슨 소용이야? 필요 없으니까 이 케이크, 네가 먹어 치워."

이게 대체 무슨 말도 안 되는 요구란 말인가. 나는 크게 당황했고, 가엾은 아르바이트생은 눈물을 흘릴 지경이 되었다.

"손님, 정말 죄송합니다. 케이크 값은 당연히 받지 않을 거고요, 다른 디저트를 무료로 제공해 드리면 안 될까요?"

안 되겠다 싶어서 내가 끼어들었다.

"괜찮아요, 무슨 바퀴벌레가 나온 것도 아니고, 접시에 날파리 붙은 걸 못 봤을 수도 있죠. 그냥 바꿔 주세요."

그러자 남자가 갑자기 아르바이트생에게 손가락질하며 버럭 고함을 쳤다.

"말을 못 알아들어? 누가 디저트 공짜로 달래? 내가 돈이 없어서 이러는 줄 알아? 사람을 뭘로 보고!"

결국 매니저까지 달려와서 사과하며 제일 비싼 코스요리를 대접하겠다고 했다. 아르바이트생은 허리를 푹 숙인 채 눈물만 줄줄 흘렸다. 그런데도 그 남자는 끝까지 고집을 부리며 작은 여자애에게 그 자리에서 케이크를 먹어보라며 소리쳤다.

도저히 참을 수 없던 나는 내 몫의 찻값을 꺼내 남자의 면상에 던지고 나와 버렸다. 그리고 소개해 준 친구에게 다시는 내게 그 사람 이름조차 꺼내지 말라고 경고했다.

　돈이 있다고 품위가 생기는 것은 아니다. 수수한 옷을 걸쳤어도 약자든 강자든 똑같이 배려하고 공손히 대하는 사람이, 온몸에 명품을 휘두른 채 어린 아르바이트생에게 벌레가 붙은 케이크를 먹으라고 소리치는 사람보다 훨씬 품위 있지 않은가.

　견문이 많다고 절로 품위가 생기지도 않는다. 평생을 작은 마을에 살았어도 점잖고 예의 바르며 남을 존중할 줄 아는 사람이, 세계 각지를 돌아다녔어도 공공장소에서 금연할 줄 모르는 사람보다 훨씬 품위 있다.

평생 같이할 반려자를 찾는다면
가장 중요한 것은 어쩌면 품위가 아닐까?

#3

사소하지만 작은 행동으로 품위를 지킨 누군가의 기억도 있다.

그와 내가 처음 데이트한 날은 크리스마스였다. 성탄절 저녁 답게 식당마다 만석이어서 어쩔 수 없이 푸드트럭에서 음식을 사다 공원 벤치에 나란히 앉아 이야기하며 먹었다.

그날 난 입맛이 별로 없어서 내 몫의 음식을 거의 남겼더랬다. 그는 먹고 남은 갈비뼈, 생선 가시, 다 쓴 나무젓가락과 휴지 따위를 봉투 하나에 담고 내가 남긴 음식은 깨끗한 봉투에 따로 담았다. 그리고 봉투 입구를 잘 묶어서 쓰레기가 담긴 봉투는 쓰레기통에, 음식을 담은 봉투는 그 옆 화단 턱에 내려놓았다.

나는 의아했다. 어차피 다 버릴 건데 왜 봉투 하나에 담지 않고 따로 담았는지, 왜 굳이 따로 놓는지 묻자 그가 말했다. 혹시라도 배가 너무 고파서 쓰레기통을 뒤지는 노숙자나 부랑자가 있을까 봐 그런다고, 쓰레기와 같이 버리면 충분히 먹을 수 있는 음식도 버리게 되지 않느냐고, 그 광경을 상상하면 마음이 불편해진다고.

난 태우던 담배를 남은 음식에 비벼 끄는 사람도 봤고, 다 마신 캔에 코 푼 휴지를 쑤셔 넣는 사람도 봤고, 냄비에 온갖 더러운 쓰레기를 한꺼번에 쏟아붓는 사람도 봤다. 하지만 그때까지 크게 불편함을 느낀 적은 없었다. 어차피 쓰레기고, 어차피 버릴 거니까. 굳이 잘못이라 할 수는 없으니까.

하지만 그의 말을 듣고 난 뒤 세상 보는 눈이 조금 달라졌다. 좀 더 새롭고, 좀 더 따스하게 바뀌었다. 일면식도 없고 마주칠 일이 없을지도 모를 낯선 이에게 베푸는 무의식적인 배려와 친절이라니, 너무 아름답지 않은가.

그의 어린 조카를 데리고 음료수를 사러 갔을 때가 생각난다.

아이가 무턱대고 음료 냉장고 문부터 열려 하자 그는 얼른 아이의 손을 잡으며 부드럽게 말했다.

"먼저 무얼 살지 고른 뒤에 문을 열면 어떨까?"

아이는 순순히 고개를 끄덕였다. 둘이 얼굴을 나란히 맞대고 투명한 음료 냉장고 안을 들여다보며 이것저것 고르는 모습이 무척이나 귀여웠다.

그렇게 음료를 고르고 계산대 앞에 섰는데 아이가 갑자기 칭얼댔다.

"외삼촌, 나 이 두유 안 마시고 싶어졌어요. 여기다 놔둬도 돼요?"

그는 아이에게서 두유를 받아 들며 작은 소리로 말했다.

"사지 않을 거라면 원래 자리에 갖다 두자. 아무 데나 두면 다른 사람이 대신 치워야 하잖아."

"네."

아이는 천진하게 대답하고 그의 손에 이끌려 다시 음료 냉장고 쪽으로 향했다. 그런 두 사람의 뒷모습을, 나는 나도 모르게 물끄러미 바라보았다.

그날 그는 수수한 검은 티셔츠에 청바지 차림이었지만 내 눈에는 중세시대 귀족만큼이나 우아해 보였다.

공부를 많이 해도 지식이 풍부해도 심지어 가정교육을 잘 받았어도 반드시 품위 있는 사람이 되는 것은 아니다.

✦ ✦

품위는 사람 사이에 존재하는 보이지 않는 구분선이다.

품위 있는 사람은 반성할 줄 알고,

예의를 지킬 줄 알며,

쉽게 흥분하지 않고,

자기 고집에 매몰되지 않는다.

언제 어디서든 적절하게 행동하고,

늘 여유 있고 넉넉하며,

마음은 선의와 타인에 대한 존중으로 가득하다.

나에게 자신을 왜 사랑하느냐고 그가 물었다.

그의 모든 것을 사랑하는 것 같기도 하고, 단 한 가지를 사랑하는 것 같기도 하다.

나는 나와 다툴 때조차 자신의 잘못을 먼저 생각하는 그를 사랑한다. 내가 지치고 피곤할 때 혹은 바닥이 보이지 않는 우울감에 빠졌을 때, 나를 더 힘들거나 괴롭게 만들지 않고 무던하게 나의 상처를 위로해 주는 그를 사랑한다.

품위 있는 연인은 상대의 인생에 풍랑이 아니라 등대가 되어 준다. 나는 내게 등대가 되어 준 그를, 그리고 그런 당신과 함께하는 나를 사랑한다.

✦ ✦

그래서 결혼은 꼭 품위 있는 사람과 해야 한다.

사랑은 포기해도,

품위는 포기하지 말아야 한다.

그는 품위 있는 사람이다.

그리고 이것이 바로 내가 그를 사랑하는 이유다.

나라면

나와 결혼할까?

결혼이라는 중차대한 결심을 하려면
단순히 감정만으로는 부족하다.
내가 상대에 대해 확신하는 것 이상으로
나 역시 결혼하기 좋은 사람이라는 사실을
상대에게 증명해 보이고 확신과 안정감을 줄 수 있어야 한다.

#1

지연이 길게 한숨을 내쉬며 한탄했다.

"이제 곧 서른 중반인데, 난 왜 아직도 결혼을 못 했을까?"

여태껏 그녀를 비혼주의자로 알고 있었던 터라 나는 조금 놀라 진심이냐고 물었다. 그러자 지연은 자기는 어릴 적 꿈이 무려 현모양처였다며 현란한 손짓으로 자신의 머리끝부터 발끝까지 가리켰다.

"날 좀 봐, 잘 보라고. 얼굴이면 얼굴, 몸매면 몸매, 빠지는 구석이 없는데 어째서 목숨 걸고 쫓아다니는 남자 한 명 없이 지금껏 싱글인 거냐고? 신이 날 싫어하나?"

나는 그만 웃고 말았다.
매력적인 외모는 몸을 동하게 하지만 평생 함께하겠다는 결심을 하려면 마음이 동해야 한다.
그리고 몸이 동하는 것과 마음이 동하는 것은 전혀 다른 일이다.

"그럼 마음이 동하게 하려면 어떻게 해야 하는데?"

지연의 질문에 나는 이렇게 되물었다.

✦ ✦

"눈을 감고 한번 진지하게 생각해 봐.
네가 남자라면…, 너랑 결혼할래?"

지연은 눈을 감고 상상해 보았다. 입술을 질끈 깨물고 미간을 찌푸린 모습이 꽤나 진지하게 생각 중인 모양이었다. 하지만 다시 눈을 떴을 때 지연은 잔뜩 풀죽은 얼굴이었다.

"왜 그래?"

"망했어. 아무리 열심히 내 편을 들어봐도 긍정적인 답이 안 나와."

"어째서?"

"내가 정말 열심히 생각해 봤거든. 내가 남자라면 나 같은 여자는 어떨까? 성질 더럽고 말버릇 험하고 밤새워 놀기 좋아하는 여자랑 과연 결혼하고 싶을까? 돈 모으는 재주도 없고 살림도 못 하고 소파 위에 옷을 산처럼 쌓아 두고 3개월마다 한 번 치울까 말까 한 여자랑? 아니, 절대 결혼하고 싶지 않아!"

나는 웃음을 터뜨리며 그녀의 어깨를 토닥였다.

"거봐, 네가 왜 아직도 결혼을 못 했는지 알겠지?"

지연은 억울하다는 듯 미간을 찌푸리며 말했다.

"하지만 난 이렇게 사는 게 편한걸. 한번 사는 인생인데 하고 싶은 말은 하고, 내가 번 돈은 내 마음대로 당당하게 쓰고, 놀고 싶을 때 내가 놀고 싶은 사람들이랑 놀아야지. 옷도 소파에 늘어놔야 찾기 좋단 말이야…. 지금 생활이 좋은데 어떡해?"
"네 생활 방식을 반성하자는 게 아니야. 만약 독신으로 산다면 그 역시 멋진 삶이니까. 아무도 너한테 이래라저래라 할 수는 없어. 하지만 한 사람과 평생을 같이 하기로 했다면 어느 정도는 서로 양보해야 해."

지연은 머리칼을 쥐어뜯으며 절규했다.

"그럼 대체 난 어떻게 해야 품절녀가 될 수 있다는 거야?"

"상대의 조건을 따지기 전에 먼저 너 자신의 조건을 제대로 이해하는 게 제일 중요해."

나는 친절하게 웃으며 그렇지 못한 돌직구를 날렸다.

결혼을 둘러싸고 두 사람이 벌이는 탐색 과정은 흡사 '구인-구직 과정'과 비슷하다.

면접 때 고용주는 수많은 질문을 하지만 결국 면접자를 통해 알고자 하는 것은 세 가지다.

✦ ✦

'당신은 내게서 무엇을 얻기 원하는가?'

'나는 당신에게 무엇을 줄 수 있는가?'

'당신은 내게 무엇을 줄 수 있는가?'

만약 상대가 기대에 부응하는 대답을 한다면 채용이 결정된다.

물론 채용을 했어도 얼마간은 위 세 가지 질문에 대한 답을 검증하는 기간을 갖는데, 결과적으로 기대한 바와 맞지 않거나 차이가 크면 헤어짐의 수순을 밟게 된다.

결혼도 마찬가지다. 만난 지 3개월 만에 번갯불에 콩 볶아 먹듯 하든 아니면 오랜 연애 끝에 간신히 문턱을 넘었든, 결혼을 앞둔 쌍방은 매우 힘든 상호 검증 과정을 거친다. 위 세 가지 질문을 끊임없이 던지며 서로 암묵적으로 관계의 가치를 가늠하는 것이다. 따라서 결혼이라는 중차대한 일을 결정하는 데 있어서 단순히 감정이 끌린다는 이유는 부족해도 한참 부족하다.

내가 상대에 대해 확신하는 것도 물론 중요하지만, 그에 못지 않게 나 역시 결혼하기 좋은 사람이라는 사실을 상대에게 증명하고 확신과 안정감을 줄 수 있어야 한다.

#2

몇 년 전, 동네의 한 청년과 어찌어찌 알게 됐다. 지방에서 올라와 온갖 막노동을 하며 하루하루 열심히 사는 젊은이인데, 시간 날 때면 동네를 돌아다니며 주변 사람들에게 시킬 일이 있으면 고민 없이 불러 달라고 말하는 모습이 여간 넉살 좋고 붙임성 있는 게 아니었다.

하루는 무거운 짐을 옮길 일이 생겨서 청년을 불렀다. 계단을 오르내려야 하는 데다 양도 많아서 미안한 마음에 품삯을 후하게 불렀더니 그는 반색하며 싫은 표정 하나 없이 싹싹하게 그 많은 짐을 다 날라 주었다. 잠시 숨 돌리는 사이 땀투성이가 된 그에게 마실 것을 대접하면서 왜 그리 열심히 사느냐고 슬쩍 물어보았다. 평소에도 이웃이 청하면 전등 갈기부터 쌀 포대 나르기, 담장 수리 등 별의별 잡일을 도맡아 하는 것을 알고 있었기 때문이다. 심지어 몸무게가 백 킬로그램에 육박하는 성인 남자 환자를 업고 계단을 내려오는 고생도 마다하지 않았다. 그는 그런 일들을 대개는 정당한 품삯을 받고 했지만, 가끔은 푼돈만 받고도 해 주었다.

대체 그는 왜 그리 열심히 사는 것일까? 무엇을 위해?

청년은 하얀 이를 드러내며 웃었다.

"동네 일은 좋아서 하는 일인데 돈도 버니 좋잖아요. 그렇게 열심히 돈 모아서 장가도 가려고요."

지금까지 얼마나 모았느냐고 묻자 그는 의외로 큰 액수를 말했다. 그렇게나 많이요? 나는 놀라며 말했다. 그 정도면 장가를 가고도 남겠는데요?

그는 고개를 저으며 아직 멀었다고, 더 많이 벌어야 한다고 했다.

"전 내세울 게 없어요. 집도 가난하고 인물도 볼품없고 가방끈도 짧고. 그나마 젊었을 때 열심히 벌어 놓아야지, 그렇지 않으면 어느 여자가 저랑 살려고 하겠어요? 뭘 보고?"

나는 혹시 돈을 그다지 중요하게 여기지 않는 여자를 아내로 맞이할 수도 있지 않겠느냐고 물었다. 그러자 자신은 '만일의 경우'가 아니라 '모든 경우'에 대비한다는 대답이 돌아왔다.

평생 살면서 얼마나 많은 사람을 만날지, 그중 누가 자신의 인연일지, 또 그 사람이 어떤 사람일지 모르는데 어떻게 요행에 기대겠냐는 것이다.

"그래서 일찌감치 결심했지요."

그는 마지막 상자를 내려놓고 숨을 크게 몰아쉰 뒤, 어깨를 주무르며 말을 이었다.

"더 많이 일하고 더 많이 벌어서 고향에 집도 마련하고, 미래의 아내를 위해 최대한 두 주머니를 꽉꽉 채워 두자고. 누가 나한테 시집올지 몰라도 어쨌든 다 자기 집에서는 꽃처럼 귀하게 자란 딸이니까, 그런 사람에게 시집오라고 말하려면 적어도 나를 선택

해도 좋을 만한 이유는 줘야 하지 않겠어요? '아, 이 사람이라면 평생을 같이 살아도 괜찮겠다' 하는 확신 말이에요. 일단은 그런 믿음을 줄 수 있는 사람이 되는 게 제 목표예요."

"장가 못 갈까 봐 걱정할 필요는 없겠는데요. 벌써 생각부터 이렇게 훌륭하잖아요!"

"생각이 아무리 훌륭하면 뭐 해요, 눈에 보이는 것도 아닌데. 증명해 보일 수도 없고요. 사람들은 바보가 아니에요."

청년은 옷에 묻은 먼지를 툭툭 털었다.

"결혼은 인륜지대사라는데 신중하게 따지지 않을 사람이 어디 있겠어요. 내 아내가 될 사람이 그렇게 한다 해도 원망할 수 없지요. 왜냐하면 나 역시 따지거든요."

그 순간만큼은 내 앞에 서 있는 깡마르고 볼품없는 행색의 청년이 인생의 큰 지혜를 깨달은 현자로 보였다.

인생 최대 이벤트인 결혼을 앞두고 고민과 숙고를 거듭할 수밖에 없는 이유는 '마음 편하게' 살고 싶기 때문이다.

최소한 이 결혼으로 내 남은 인생이 불행해지지 않으리라는 확신이 들어야만 비로소 식장에 들어설 용기를 낼 수 있다.

마음이 놓이질 않는데, 어떻게 믿겠는가.

어디선가 이런 반박이 들리는 듯하다.

"그럼 사랑은? 사랑이 제일 중요한 거 아냐?"

중요하다. 심지어 다른 모든 조건을 덮고도 남을 절대적 가치가 될 때도 있다. 그러나 사랑도 어디까지나 평등한 상호 교환의 대상 중 하나에 불과하다.

✦ ✦

당신의 따스함과 나의 성실함을 바꾸고
나의 유머와 당신의 학식을 교환하는 것.
그리고 당신의 땀과 노력의 반,
나의 땀과 노력의 반을 더해 우리가 함께할 집을 꾸리는 것.
결혼이란 그런 것이다.

모든 조건을 완벽히 갖춘 데다 나를 사랑하기까지 하는 사람이 있다면 얼마나 좋겠는가. 결혼을 망설일 이유가 없다. 그렇다면 빈털터리지만 나를 향한 사랑 하나만은 지극한 사람은?
물론 때로는 지극한 사랑만으로도 충분히 함께할 수 있을 듯한 착각이 들기도 한다. 하지만 그것은 그야말로 '착각'이다.

생활이 실체를 갖고 덮쳐오기 시작하면 빛나던 사랑은 초라하게 바래고, 내 인생의 구원자 같던 사람은 나를 망치는 원수로 보이기 시작한다. 남는 것은 돌이킬 수도 치유할 수도 없는 상처와 후회뿐이다.

어쨌든 사랑은 비단 위에 더해진 꽃이지,
목숨 걸고 잡아야 하는 지푸라기는 아니니까.

한없이 낯설고

어색한 사랑

미처 겪어 보지도,
베풀어 보지도 않아서 낯설고 어색한 사랑이
이 세상에 분명히 존재한다.
그것도 가장 올바른 방식으로.

#1

어느 저녁 집으로 돌아가는 길이었다. 엘리베이터 앞에서 손에 알록달록한 풍선을 한가득 안은 어르신과 마주쳤다. 웃으며 인사를 건넸다.

"손주 주실 선물인가 봐요?"

어르신은 고개를 가로저으며 말했다.

"아니에요. 아내에게 주려고요."

예상치 못한 대답에 내가 어리둥절한 표정을 짓자 어르신의 주름진 얼굴에 쑥스러운 미소가 떠올랐다.

"부끄럽지만, 아내가 좋아하거든요."

#2

누군가 몰래 찍어 인터넷에 올린 동영상을 보았다. 외국으로 보이는 거리, 한 노부인이 화장품 가게에서 파운데이션을 고르고 있었다. 얼핏 보아도 일흔을 훌쩍 넘긴 그녀는 마냥 즐거운 표정이었다. 하지만 그보다 더 눈길을 끈 것은 곁에 있는 노신사의 모습이었다. 부인보다 더 적극적으로 나서서 화장품을 골라 주는 모습이 인상적이었다. 동영상에 달린 댓글의 반응은 가히 폭발적이었다.

'달달하다', '보기만 해도 행복하다', '나도 나이 들어서 저런 사랑을 하고 싶다' 등등….

그중 유독 눈에 띄는 댓글이 하나 있었다.

'저게 당연한 거 아닌가? 우리 할아버지도 할머니가 샴푸 살 때 항상 저렇게 도와주는데?'

하지만 이 댓글은 '부럽다', '감동적이다', '현실 맞냐'는 식의 댓글 홍수에 밀려 저 아래로 사라지고 말았다.

#3

친한 친구끼리 모인 날, 술자리가 한창 무르익을 무렵, 한 친구의 휴대전화가 요란하게 울렸다. 그녀는 웃으며 전화를 받았지만 이내 심각해졌다. 그러더니 수화기 저편을 향해 진심으로. '그 일을 잊다니 정말 미안하다. 바로 들어가겠다'며 열심히 사과하기 시작했다. 예기치 못한 상황에 다들 숨죽인 채 그 친구만 바라봤다. 그녀는 통화를 끝내자마자 급한 일이 있어서 가 봐야겠다며, 이번에는 우리에게 사과했다. 다들 이해한다는 듯 고개를 끄덕이며 한마디씩 했다.

"됐어, 미안하긴, 월급쟁이 명줄은 상사가 쥐고 있는데 어쩌겠냐."
"얼른 회사로 들어가서 일 봐라. 괜히 밉보였다 자리 없어질라."

그녀는 잠깐 멍한 표정을 짓더니 곧 오해라며 손을 내저었다.

"상사가 아니라 세 살짜리 우리 딸이야. 오늘 밤에 같이 어린이 드라마를 보기로 약속했는데 그만 깜박 잊었지 뭐야."

친구들은 하나같이 깜짝 놀랐다. 통화하는 말투도, 태도도 영

락없이 어른을 대하는 것이었기 때문이다. 어린 딸과 통화하면서 그렇게 저자세로 나가다니 엄마의 권위는 어디로 갔냐며 누군가 핀잔을 주자 그녀는 우리보다 더 놀라며 반문했다.

"엄마면 어떻게 해야 하는데? 내 딸은 상사만큼 존중받을 가치가 없다는 거야?"

#4

또 다른 식사 자리, 전화벨이 울렸다. 이번에 전화를 받은 주인공은 평소 존재감은 희미하지만 진중한 친구였다. 그는 만면에 부드러운 미소를 띤 채 통화 상대에게 그날 직장에서 있었던 일을 조곤조곤 보고했다.

오늘은 모임이 있어서 늦을 것 같으니 기다리지 말고 먼저 식사하라고도 했다. 많이, 맛있게 먹으라는 말도 덧붙였다. 10시 전에는 꼭 집에 들어가겠다고 약속하면서 그 자리에 함께한 친구들의 이름을 하나하나 열거하기까지 했다. 참을성 있고 따스한 말투로 한참 통화하던 그는 이렇게 대미를 장식했다.

"응, 집에 가서 봐요. 사랑해요."

내가 더 친절하고 더 상냥하게
대해야 할 상대는 누구일까?
'나에게 가장 소중한 사람이다!'

그가 전화를 끊자 친구들이 기다렸다는 듯 놀리기 시작했다.

"와이프인가봐? 이야, 마냥 무뚝뚝한 줄 알았는데 완전 사랑꾼이었네."
"공인받은 '공처가'이신 줄 미처 몰라봤습니다."

그는 잠시 놀란 표정을 짓더니 곧 실소를 흘렸다.

"다들 무슨 소릴 하는 거야. 곧 여든 되시는 우리 할아버지야. 나를 어렸을 때부터 키워 주셔서 사이가 각별해."

순간 벌통을 쑤셔 놓은 듯 자리가 시끌시끌해졌다. 절대 그럴리 없다, 괜히 인정하기 부끄러우니까 애먼 할아버지를 끌어들이냐, 등등. 그러자 그가 정색하며 말했다.

"나는 가족한테 늘 이렇게 해. 왜들 이상하게 보는지 모르겠네. 너희는 이런 식으로 어른을 대하는 게 그렇게 어색해?"

5

대학 시절, 매일 저녁 전화통을 붙잡고 두 시간씩 수다를 떠는 룸메이트가 있었다.

"학생식당 음식이 완전 꽝이야. 제육볶음에 비계밖에 없더라니까."

"어제 수업에서 교수님이 갑자기 녹음기를 들고 오더니 미리 녹음해 온 강의 내용을 틀어주는 거 있지. 정말 어이없지 않아?"

"내가 좋아하는 가수가 새 앨범을 냈거든. 콘서트 하면 꼭 같이 가는 거다!"

"아이, 짜증 나. 공부하기 싫어 죽겠어. 이번 시험 망치면 어떡하지?"

다들 남자친구와 통화하는 것이려니 짐작했다. 대화 내용도 그렇고, 매일 전화통을 붙들고 있는 것도 그렇고 한창 사랑에 빠진 연인 사이에 있을 법한 일이었기 때문이다.

어느 날, 평소처럼 그녀의 통화 소리를 흘려듣고 있던 룸메이트 모두가 일순간 얼어붙는 일이 벌어졌다. 그녀가 입에 침이 마르도록 어떤 남학생을 칭찬하면서 잘생긴 데다 성격까지 좋은 그를 곧 "내 것으로 만들겠어."라며 호언장담하는 게 아닌가!

그녀가 전화를 끊자마자 한 룸메이트가 참지 못하고 물었다.

"다른 남자를 내 것으로 만들겠다니, 너는 남자친구한테 어떻게 그런 말을 하니. 남자친구가 화 안 내?"

그녀가 눈을 동그랗게 뜨고 우리를 바라봤다.

"남자친구?"

예상치 못한 반응에 나는 조심스레 입을 열었다.

"아, 남자친구 아니야? 그럼 동창이나 친한 친구인가 보네. 어쩐지 엄청 죽이 잘 맞더라."

그녀는 '푸핫' 하고 웃음을 터뜨렸다.

"내가 매일 통화하는 사람 말이지? 우리 엄마야."

다들 깜짝 놀라고 말았다.

"세상에, 엄마랑 사이가 엄청 좋구나! 나랑 우리 엄마는 완전히 일방통행인데. 너처럼 이야기하는 건 꿈도 못 꿔."

누군가 이렇게 말했고 나 역시 비슷한 심정이었다.

"맞아, 우리 엄마는 비교적 깨어 있는 편인데도 얘기하다 보면 자꾸 싸우게 되더라고."

제일 먼저 질문했던 룸메이트는 다른 친구들의 이야기를 잠자코 듣고 있다가 조용히 입을 열었다.

"난 대화는 고사하고 어릴 때부터 엄마가 너무 무서웠어. 엄마는 내가 고기 한 점만 더 먹어도 '전생의 빚쟁이가 자식이 된다더니 네가 딱 그 꼴이다, 내 팔자가 사나워서 너 같은 자식을 낳았다'라며 한탄하셨거든. 시험을 못 봐도 혼났고, 놀다가 조금만 늦게 들어와도 외출 금지를 당했어. 간식 사 먹는 데 돈을 썼다고 용돈도 차단당한 적이 있어. 나는 엄마한테 속말을 해 본 적이 한 번도 없어. 엄마도 마찬가지고. 가끔 엄마랑 나는 모녀가 아니라 그냥 원수 사이 같기도 해."

우리는 그녀를 안쓰럽게 바라봤다.

"그래서 네가 엄마와 사이좋게 지내는 모습을 보면 부러워. 너무 부러워서 사실인지 의심스러울 정도야. 엄마랑 이렇게 친하게, 다정하게 대화하는 게 정말 가능하다고?"

"응, 가능해."

"…하지만 난 너무 낯설고 어색할 뿐이야."

그녀는 막막하다는 듯 중얼거렸다.

어째서 낯설고 어색할까?

드물기 때문이다. 얻기 어렵고, 갖기 힘들기 때문이다.

그렇기에 그 진의를 의심할 수밖에 없고, 그럼에도 저도 모르게 생겨나는 동경과 부러움과 열망을 숨길 수밖에 없다.

6

오래전, 한 잡지에서 읽은 수이^{舒乙}의 자전적 에세이를 잠시 소개할까 한다.

1950년, 열다섯 살 수이는 기차를 타고 충칭에서 청두로 향했다. 역에는 아버지인 라오서^{老舍}가 마중 나와 있었다. 수이가 객차에서 내리자 아버지는 환한 미소를 지으며 정중하게 악수를 청했다.

"수이, 안녕하시오."

아버지의 격식 차린 인사에 수이는 적잖이 당황했다. 당시에는 어린 아들에게 어른을 대하듯 정중히 악수를 청하는 아버지를 이해할 수 없었다. 하지만 오랜 세월이 흐르고 그때를 돌이켜 본 수이는 비로소 아버지가 자신에게 어떤 메시지를 보여 줬음을 깨달았다. 아버지와 아들이라는 관계성이나 나이 차에 상관없이 사람은 모두 평등하고, 모두가 똑같다는 메시지 말이다.

간단하고 명료한 이치이건만 이를 깨닫고 실천하는 사람은 극히 드물다.

　　　　　　　　　　　　　　✦ ✦

　　　나이 든 반려자를 처음 사랑하던 때와
　　　　변함없이 아끼고 배려하는 것.
　　어린 자녀를 어른과 마찬가지로 존중하며
　　　　　진심 어린 사과를 하는 것.
　　　연로한 연장자에게 자신이 좋아하는
　이성에게 쏟는 것과 똑같은 인내와 미소를 보이는 것.
　　　　　부모와 허물없이 지내며
　　함께 웃고 이야기하고 감정을 나누는 것.

　이해할 수 없고 낯설다고 해도 이런 식의 관계 맺기를 원치 않
는 것은 결코 아니다.
　오히려 너무나 바라지만 가지지 못했기에, 그런 관계가 실재
한다는 사실을 아예 믿지 않으려 할 뿐이다.

✦ ✦

사랑은 가축을 기르듯이 의무를 이행하는 것이 아니다.
사랑은 마음과 마음이 맞닿아 어우러지는 것이다.
미처 겪어 보지도, 해 보지도 않아서 낯설고 어색한
그 사랑들이 이 세상에 있다.

그것도 가장 올바른 방식으로
우리 곁에 분명히,
존재하고 있다.

맘대로 사랑한 건 나니까,
넌 네 맘대로 해

🌿

사랑에 실패하면 인생에 경험치가 쌓이고
사랑에 성공하면 새로운 가치가 더해진다.
이러나저러나 손해 볼 것은 없는데
시도하지 않을 이유가 어디 있겠는가.

#1

한 미국인 부부가 흑인 남자아이를 입양했다. 보육원에서 나이가 가장 많은 아이였다. 부부가 정식으로 입양 절차를 밟던 해, 아이는 벌써 여덟 살이었다.

주변 사람들은 이들 부부가 어리석은 결정을 했다고 생각했다. 되도록 어릴 때 입양해서 일찍 정을 들이는 편이 좋은데 여덟 살이라면 이미 머리가 클 대로 커서 정을 붙이기가 힘들지 않겠냐는 게 이유였다. 아이가 오래도록 부모 없이 자라며 생겼을 마음의 그늘을 걱정하는 이들도 있었다.

"무엇보다 그 아이는 사랑받아 본 적이 없잖아. 사랑받아 보지 못한 아이는 사랑하는 법도 모를 거야."

하지만 부부는 이렇게 생각했다.

"사랑하는 법을 몰라도 괜찮아. 우리가 먼저 사랑하면 되니까."

난생처음 가족을 갖게 된 아이는 늘 주눅 들어 있었고, 모든 것을 낯설어했다. '아빠', '엄마'라고 말할 때마다 어색해서 표정이 굳어졌다. 하지만 부부는 절대, 어떤 것도 포기하지 않았다.

그들은 자주 웃어 주고 안아 주었으며, 때로는 셋이 똑같은 옷을 맞춰 입었다. 아이의 친구가 되어 줄 귀엽고 커다란 개를 식구로 들이고, 아이의 손을 잡고 낚시와 소풍을 다녔다. 가족 모임에도 빠짐없이 아이를 대동하고 나갔다. 다 같이 인기 가수의 콘서트를 보러 가기도 했다.

아이는 조금씩 마음의 문을 열었다. 자기가 먼저 나서서 우스갯소리를 하기도 하고 기념일에 꽃을 사 들고 오기도 했다. 주말에는 아버지를 도와 세차를 했고, 저녁에는 어머니와 함께 설거지를 했다. 심지어 나중에는 고집을 부리거나 짜증을 내기도 했다. 하지만 바로 이렇게 처음으로 어리광을 부릴 때 부부는 이제야 진정한 가족이 되었음을 인정할 수 있었다.

그렇게 모든 것이 천천히, 꾸준하게 나아졌다.

10여 년 후, 그들은 서로를 진심으로 사랑하는 화목한 가족이되었다. 아이는 훤칠한 청년으로 자랐고 꽤 괜찮은 대학에 들어갔다. 그의 꿈은 고아들을 위해 일하는 것이다. 그가 이 꿈을 갖게된 것은 아버지의 단 한마디 덕분이었다.

마음을 주면서 대가를 바라지도,
서운해 하지도 말자.
그저 참을 수 없어서 터져 나오는
사랑일 뿐이니까.
해 보지 않으면 알 수 없는 법이다.
그러니 용감히 표현하지 않을 이유가 없다.

◆ ◆

"사랑하는 법을 몰라도 괜찮아.

우리가 먼저 사랑하면 돼."

#2

　나연은 같은 과 동기들 사이에서 '여자의 수치'로 불렸다. 이런
오명을 얻게 된 이유는 마음에 드는 남자가 생기면 앞뒤 재지 않
고 적극적으로 대시했기 때문이다. 속칭 '금사빠'였다. 나연의 연
애는 늘 그녀가 먼저 들이대는 것으로 시작됐다.

　대담한 고백부터 수십 통의 연애편지와 전화, 심지어 상대가
자취하는 집에 찾아가 집안일을 하기까지 했다. 그녀는 사랑 앞
에서 내숭을 떨지도, 뒤로 빼지도 않았다. 상대가 구애를 받아들
인 뒤에도 그녀는 한결같이 적극적으로 스킨십까지 먼저 나서서
요구하고 리드했다.

　나연의 사랑을 받는 남자는 남녀 역할이 바뀐 연극 대본을 받
아 든 배우처럼 가만히 앉아 그녀의 '추앙'을 받으면 그만이었다.
그런 그녀를 여자 동기들은 탐탁지 않아 했고, 남자 동기들은 가
볍다고 평했다. 하지만 당사자는 남들이 뭐라 하든 신경 쓰지 않

고 모든 연애를 자기 페이스대로 뜨겁고, 소란스럽고, 열렬하게
치러냈다.

나연의 지론은 이러했다.

✦ ✦

"사랑은 파티야. 최고로 신나게 즐겨야 해.
남들이 얼마나 잘 노는지 구경하러 파티에 가는
사람은 없잖아? 뭣 때문에 가는지 잘 생각해 봐.
남들 기분이나 맞춰 주러 가는 건 아니잖아.
내가 즐거워야지.
그게 아니라면 파티에 왜 가겠어?"

"난 내가 주도권 쥐는 걸 좋아할 뿐이야. 마음껏 사랑을 누리려
면 앞뒤 재고 따질 시간이 없다고."

애정의 세계에서 마냥 상대가 먼저 다가오기만을 기다리는 것
은 파티에서 누군가 술을 권할 때까지 빈 술잔을 들고 어색하게
기다리는 것과 같다.

만약 두 사람이 같은 마음이라면 누가 먼저 고백하는지가 뭐 그리 중요하겠는가. 설혹 서로 마음이 다르다 해도 먼저 건배를 제안하고 술잔을 부딪치며, 두근거림과 은밀한 즐거움을 맛보는 쪽이 홀로 음울하게 술잔을 기울이는 것보다 몇 배는 더, 아니 몇 백 배 더 낫다.

나중에 동기들 사이에 나연이 남겼다는 기막힌 명언 한마디가 유행처럼 돌았다. 누군가는 코웃음을 쳤고, 누군가는 내심 맞는 말이라며 감탄했다.

✦ ✦

"맘대로 사랑한 건 나니까,
넌 네 맘대로 해"

남들이 입방아를 찧든 말든 나연은 끝까지 신경 쓰지 않았다. 그리고 마지막 남자친구의 손을 잡고 당당히 결혼식장에 들어갔다. 들리는 바에 따르면 청혼도 그녀가 했단다. 그 바람에 남자친구는 스스로 '체면이 깎였다'며 아직도 아쉬워한다나.

사랑이라는 성대한 파티에서 그녀는 쉼 없이 술잔을 부딪쳤고 마침내 마음이 딱 맞는 친구를 만나 스스로 해피엔딩을 쟁취했다. 그녀야말로 진정한 승자가 아닐까.

"먼저 사랑한 사람이 약자"라는 말이 있다.

앞뒤 재지 않고 사랑에 뛰어드는 이들이 사랑의 가치를 모르는 사람을 만난다면 경멸의 눈길을 받게 될지도 모른다. 모든 진심이 보답받는 것은 아니니까. 그러나 혹 자신의 사랑이 길바닥에 버려진 진주가 된다 해도 후회는 금물이다.

사랑에 실패하면 인생에 경험치가 쌓이고, 성공하면 새로운 가치가 더해진다. 이러나저러나 손해 볼 일은 없는데 용감히 나서지 않을 이유가 어디 있겠는가?

주도적인 사람은 운명을 끌고 가지만, 기다리기만 하는 사람은 운명에 끌려가게 된다. 인생도 그렇고, 사랑은 더더욱 그렇다.

자신의 사랑을 솔직히 표현하고 나머지는 상대에게 맡겨라.

거절당할까 두려워 말고. 설령 거절당하더라도 괜찮다.

언젠가 이 어지러운 꿈에서 깨어난다고 해도 먼저 술잔을 부딪친 사람이 좀 더 오래, 좀 더 달콤한 꿈을 꿀 테니!

✦ ✦

시도조차 하지 않는 것보다는
시도하는 편이 훨씬 나으니까.
이리 재고 저리 따지며 망설이다가
결국 사랑을 놓친 아쉬움은,
몸속 어딘가에 남아
오래도록 둔중한 아픔을 주기 마련이다.

사랑하면 | 보인다

사랑은 신기하다.
매사에 덤벙대고 눈치 없는 사람도
사랑하는 사람에 대해서만큼은
셜록 홈즈를 넘어서는 추리력과 통찰력을 발휘하게 만든다.

#1

A는 출장 간 남자친구를 그리워하며 그의 SNS를 둘러보다가 출장 당일에 올라온 셀카를 발견했다. 무심코 사진을 확대해서 봤는데, 남자친구의 선글라스에 웬 젊은 여성의 모습이 비치는 게 아닌가. 이상한 일이었다. 분명히 남자 상사와 단둘이 출장을 간다고 했기 때문이다. 스멀스멀 올라온 의심은 걷잡을 수 없이 커졌다. 결국 그녀는 남자친구를 추궁했고, 바람을 피웠다는 자백을 받아냈다.

B도 이와 비슷한 경험을 했다.

장거리 연애 중인 B는 몇 주에 한 번꼴로 남자친구와 만났다. 그날도 오랜만에 자신을 만나러 온 남자친구와 멋진 레스토랑에서 근사한 저녁 식사를 하고 있는데, 테이블 위에 엎어 둔 그의 휴대전화가 부르르 떨렸다. 진동 소리를 들은 그녀가 전화 왔다고 말하자 남자친구는 돌연 짜증을 냈다.

"아, 보나 마나 회사야. 피곤해, 받기 싫어."

그녀는 평소와 다른 그의 태도가 마음에 걸렸다. 그러다 문득 테이블이 위아래 두 겹인 유리로 되어 있다는 점에 생각이 미쳤다. 자세히 보니 과연 엎어 둔 휴대전화의 액정화면이 아래층 유리에 반사되어 보였다. 착신 화면에는 '귀염둥이'라는 오글거리는 이름의 닉네임이 선명하게 반짝였다. 전화는 몇 번이고 울렸고, 남자친구는 당황하는 기색이었다. 그녀는 아무 말도 하지 않고 식사를 마친 후 남자친구를 기차역까지 바래다주었다. 그가 기차에 오르기 직전 그녀는 이별을 고했다.

#2

한 인기 블로거가 연인의 부정을 알게 된 과정을 블로그에 상세하게 올려 화제가 된 적이 있다. 이번 '사건'의 결정적 '단서'는 남자친구가 화장실에서 찍은 거울 셀카였다. 셀카 속 세면대 위에 놓여 있던 그녀의 화장품이 싹 치워져 있었던 것이다. 그것을 보자마자 그녀는 남자친구의 외도를 직감했다. 다른 여자를 집에 들인 게 아니고서야 게으른 남자친구가 일부러 그녀의 화장품을 치울 이유를 달리 생각할 수 없었기 때문이다. 나중에 밝혀진 진상 역시 그녀의 추리와 정확히 일치했다.

#3

내게 강의를 듣던 학생이 이런 이야기를 들려주었다.

"부모님이 이혼했을 때 전 겨우 여섯 살이었어요. 저를 위해 두 분은 서류 정리가 끝나고 나서도 한동안 같이 살았지요. 제가 어려서 아무것도 모를 거라고 생각했나 봐요. 하지만 전 우리 가족이 더 이상 예전 같지 않다는 걸 분명히 알 수 있었어요."

일단 밥상이 달라졌다. 자신과 엄마는 육식파, 아빠는 채식파라 원래는 고기반찬과 채소 반찬이 골고루 올라왔는데 어느 날부터 채소가 슬그머니 사라진 것이다. 그녀는 엄마가 왜 고기반찬만 내놓는지 궁금했지만 아무 말 없이 젓가락을 내려놓고 일어나는 아빠를 보며 아무 말도 하지 못했다.

달라진 것은 아빠도 마찬가지였다. 밖에서 돌아오면 언제나 엄마와 자신을 찾던 아빠였지만 변화가 생긴 이후에는 혼자 조용히 방으로 들어갔다. 그녀와 부모님의 사이는 별로 달라지지 않아서 여전히 함께 외출하고 놀러 다녔다. 하지만 어디로 갈지 부부가 함께 상의하던 예전과 달리 이제는 두 사람 모두 그녀에게 물었다.

"우리 공주, 어디 가고 싶니?"

그때 부모님은 이미 서로에게 완벽히 무관심한 상태였다.

✦ ✦

"부모님은 겨우 여섯 살짜리 애 하나 속이는 게
뭐 어렵냐고 생각했겠지만
중요한 사실 한 가지를 알지 못했어요.
내가 당신들을 얼마나 사랑하는지 몰랐던 거예요."

#4

중국계 미국인인 B는 중국에 살지만 여전히 LA에 오래된 주택 한 채를 팔지 않고 가지고 있다. 그는 매년 미국으로 돌아가 일정 기간 그 집에서 머무는데, 한번은 지인을 대동하고 오랜만에 LA 집에 갔다가 깜짝 놀라고 말았다. 차를 몰고 앞마당에 들어서자마자 도둑이 든 사실을 알았던 것이다. 집안으로 달려가니 거실이며 침실이 온통 난장판이었다. 경찰에 신고하고 씩씩거리는 그에게 지인이 신기하다는 듯 물었다.

"그런데 어떻게 집에 들어가 보지도 않고 도둑이 들었다는 걸 알았어?"

그는 한숨을 푹 쉬었다.

"앞마당 담장 앞 앵두나무 밑에 앵두가 우수수 떨어져 있더라고. 이 동네 이웃들은 서로 잘 아는 데다 예의 바른 사람들이라 남의 마당에 심어져 있는 나무를 건드릴 리 없거든. 그럼 분명히 누군가 담장을 넘다가 나무를 건드려서 앵두 열매가 저렇게 떨어졌다는 건데…, 도둑 아니고서야 누가 담장을 넘겠어?"

지인은 탄복해 마지않았다.

"정말 의외네. 평소에는 덜렁대고 매사에 무심하더니, 이렇게 세심한 면이 있을 줄이야!"

B는 무슨 소리냐는 듯 눈을 부라렸다.

"당연하지. 내 집이잖아."

✦✦

나의 연인, 나의 가족, 나의 친구, 나의 집.
관심은 마음을 두는 데서 시작되고,
지혜는 이해에서 비롯되며,
작은 부분까지 알아차리는 세심함은
익숙함과 친밀함에서 나온다.
쉽게 말해서,
'사랑하면 보인다'

    자기 지갑은 잃어버린 줄도 모르면서 상대의 주머니 속 만 원의 행방은 손바닥 보듯 훤히 알고, 자신은 오늘 한 끼를 더 먹었는지 덜 먹었는지도 모르면서 상대가 '누군가'와 밥을 먹는다는 말에는 불현듯 불길한 예감을 느낀다.
월세 살 때는 방구석에 먼지가 굴러다녀도 본체만체하지만, 대출받아 마련한 작고 소중한 내 집은 온종일 쓸고 닦느라 부산을 떤다.
    매사에 덤벙대고 눈치 없는 사람이, 희한하게도 그 사람과 관련된 일에는 셜록 홈즈를 방불케 하는 추리력과 통찰력을 발휘한다.

물론 이런 스트레스 때문에 오히려 도망치고 싶다고 한탄하는 사람도 있다. 하지만 왜 그런 마음이 드는가?

도망치고 싶은 마음이 생기는 사랑은 더 이상 사랑이 아니다.

날카로워지는 촉, 선뜩한 예감은 우리를 진실로 이끈다. 심증만 가득하고 물증이 없다면, 모든 것을 밝히기에는 아직 때가 무르익지 않았다면 초조해할 필요 없다.

심지어 잠시 바보가 되는 것도 나쁘지만은 않다. 다만 바보인 척하는 것과 진짜 바보가 되는 것 사이에는 분명한 차이가 있다.

현명한 사람이 바보인 척하면 사실이 더욱 명징하게 드러난다.

그러나 바보가 바보인 척하면 점점 더 큰 혼란에 빠져 애꿎은 마음만 홀랑 태울 뿐이다.

이별은
내가 성장할 기회

있는 그대로의 나를 사랑해 줄 사람은 없을까?
물론 있다.
단, 지저분하고 게으르고 봉두난발인 나 자신을
'있는 그대로 사랑해 줄 사람'을 기다린다면
한 번뿐인 인생을 걸고 도박을 하는 것이나 다름없다.

#1

또 헤어졌다.

정확히 열두 번째 실연이었다. 게다가 전부 차였다. 보통 사람이라면 진작 사랑 따위 개나 주라며 분노하고 좌절하거나 평생 독신으로 살겠다는 선언을 하고도 남았겠지만, 수연은 아니었다.

헤어짐이 거듭될수록 그녀는 오히려 더 꿋꿋해졌다. 한동안 실연의 아픔에 몸부림치다가도 어느 정도 시간이 지나면 다시 전장에 나서는 군인처럼 씩씩하게 자신을 정비하고 추슬렀다.

그야말로 '불굴의 여인'이라고나 할까.

사실 고등학교 시절의 그녀는 수십, 수백 번을 차여도 할 말이 없는 모양새였다. 키 160센티미터에 90킬로그램에 육박하는 몸무게는 차치하더라도 일단 꾸미는 데 전혀 관심이 없었다. 꾸미는 게 아니라 씻는 데도 관심이 없었다. 피부는 검고 거칠었으며 항상 펑퍼짐한 체육복만 입었다. 머리는 봉두난발에 행동은 굼뜨고 게을렀으며, 공부 머리도 신통치 못해서 반 석차도 뒤에서부터 세는 게 더 빨랐다.

그렇다고 사교적인 편도 아니었다. 말주변이 부족하고 말도 더듬었으며 종종 상황 파악을 못 하고 어색한 농담을 던져서 분위기를 얼어붙게 했다. 이렇다 할 장기나 특기도 없었다. 반 친구들이 약속이나 한 듯 다들 그녀를 무시한 것도 어찌 보면 당연했다.

그런 수연도 대학에 들어가서는 모태솔로 딱지를 뗐다. 기적과 같은 이 일을 성사시킨 공로자는 다름 아닌 수연, 그 자신이었다. 동기 남자친구 하나를 무려 1년간 쫓아다닌 끝에 마침내 "그래, 사귀자."라는 말을 끌어낸 것이다. 하지만 눈물겨운 노력이 무색하게도 교제 기간은 단 한 달에 불과했다. 남자친구가 헤어지자며 댄 이유는 딱 하나였다.

"네가 너무 뚱뚱해서 같이 다니기 쪽팔려."

첫사랑이자 첫 실연, 수연은 죽을 것같이 아팠다. 기숙사 방에 틀어박혀 가슴을 치며 꼬박 사흘을 울었다.

실컷 울고 나서 수연은 살을 빼기로 결심했다. 간식을 끊고 저염식을 시작했으며 먹는 양도 대폭 줄였다. 오후 3시 이후로는 아예 아무것도 먹지 않았다. 또 비가 오나 눈이 오나 하루도 거르지 않고 두 시간씩 운동장을 뛰었다.

1년 뒤, 수연의 몸무게는 실연 때의 딱 절반으로 줄어들었다.

과체중에서 벗어나자 건강도 좋아졌다. 발그레한 피부에 생기가 돌았다.

이즈음, 그녀는 두 번째 연애를 시작했다. 새로운 남자친구는 운동하다 알게 된 체육과 훈남이었다. 매일같이 운동장을 뛰는 그녀의 근성에 반했다며 그가 먼저 고백했다.

그러나 이 연애도 반년을 채우지 못하고 끝나 버렸다. 훈남은 헤어지자며 이렇게 말했다.

"사실 이렇게 말하면 좀 우스운데…, 너 말투가 좀 이상해. 말도 잘 안 통하는 거 같고. 가끔 무슨 말을 하는지 잘 모를 때가 많아. 서로 통한다는 거, 생각보다 중요하더라."

수연은 또다시 세상을 다 잃은 듯 울었다. 그렇게 사흘을 내리 울고 난 뒤 서점으로 가 '상대방의 마음을 읽는 책, 대화의 기술을 알려주는 책, 연애의 스킬을 일러주는 책'을 한아름 사고 아나운서 학원까지 등록했다.

그렇게 6개월이 흘렀다. 수연은 아나운서 지망생보다 더한 열정과 노력으로 말투를 완벽하게 고쳤다. 내친김에 스피치 지도사

자격증도 땄다. 만반의 준비를 마친 그녀는 의기양양하게 전 남친을 찾아갔지만 그에게는 이미 다른 여자가 생긴 뒤였다.

다행히 '말 잘하는 능력' 덕에 수연은 곧 좋은 인연을 여럿 만나게 되었다. 그리고 그중 한 명에게서 적극적이고 세심하며 다정한 구애를 받아 또다시 사랑의 바다에 풍덩 뛰어들었다.

다정남과의 연애는 이전보다 꽤 오래갔으나 결국 운명인 양 파국을 맞았다. 이번에는 털털해도 너무 털털한 그녀의 옷차림과 위생 관념이 문제였다. 친구로 지낼 때는 그러려니 했는데, 연애할 때조차 사시사철 후줄근한 트레이닝복 차림인 그녀가 더는 여자로 느껴지지 않는다고 했다.

쑥대밭을 연상시키는 머리 꼴이나 빨지 않은 운동화에서 풍기는 고린내도 참기 힘들다고 했다. 남자친구는 자신과 대화하는 것은 좋지만 키스하고 싶지는 않다는 충격적인 말을 남긴 채 떠나갔다.

수연은 우울의 늪에 빠졌다. 하지만 얼마 안 가 늪에서 기어 나와 백화점으로 갔다. 그리고 샴푸부터 보디클렌저, 보디오일, 보디로션, 평소 거들떠보지도 않던 향수까지 사들였다. 미용실에 가서 머리 스타일을 바꾸고 기분이 내킬때만 하던 샤워도 매일 했다. 교복 같던 트레이닝복 대신 원피스를 입기 시작했으며 난

생처음 하이힐을 신고 비틀비틀 걸었다.

피부 관리와 화장도 하기 시작했다. 처음에는 어색한 화장 때문에 친구들의 웃음을 사기도 했지만 수연은 포기하지 않고 메이크업 영상을 보며 화장 기술을 익혔다. 화장 초보인 자신이 조금씩 화장에 능숙해지는 과정을 찍어서 블로그에 올리기도 했다. 날이 갈수록 그녀의 블로그를 찾는 사람이 많아졌다. 대학을 졸업할 때쯤, 수연은 고정 팬까지 있는 꽤 인기 있고 유명한 미용 블로거가 되었다. 그녀의 새로운 남자친구는 그런 고정 팬 중 한 명이었다.

그는 수연의 아름다움과 시원시원한 성격을 사랑했다. 두 사람의 감정은 날이 갈수록 깊어졌고 결혼을 전제로 동거까지 하게되었다.

하지만 곧 문제가 생겼다. 남자친구의 부모가 그들의 집에 들른 것이 화근이었다. 떠나기 전, 남자친구의 어머니는 아들을 따로 불러내어 말했다.

"아들아, 우리가 며느릿감으로 요조숙녀나 현모양처를 바라는건 아니란다. 그렇지만 최소한 집안일을 같이 할 수 있는 사람이어야 하지 않겠니? 수연이는 예쁘고 행동거지도 참하다만 자기

사랑의 아픔은 더 나은
내가 되어 가는 과정이다.

실컷 울어도 좋지만
조금은 다른 나로 성장하자.

몸만 꾸밀 줄 알지, 집은 아주 돼지우리로 해놓고 살더구나. 요리도 전혀 못 하고. 12첩 반상을 바라는 것은 아니야. 그래도 다 큰 처자가 겨우 달걀 프라이 하다가 집을 태워 먹을 뻔한 건 좀 아니지 않니? 뭘 흘려도 닦을 줄 모르고, 제 손으로 쓰레기통 한 번 비우지 않고, 다 먹고 난 과일 껍질을 그냥 둬서 초파리가 온 집에 날아다니게 만들고… 이대로 결혼하면 너는 고생길이 훤하게 열리는 거야."

부모님이 가신 후 남자친구는 오랫동안 고민했다. 부모님의 말씀이 틀리지 않았다. 자신도 그런 그녀를 감당하기 어려울 때가 많았기 때문이다. 결국 그는 완곡하게 이별을 고했다.

수연은 더는 울지 않았다. 어쩌면 헤어짐을 예감했기 때문인지도 몰랐다.

다시 혼자가 된 그녀는 한동안 두문불출하고 살림에 몰두했다. 대청소를 하고, 집안 곳곳 묵은 때를 벗겼다. 다른 사람의 도움은 일절 받지 않았다. 배달 음식을 끊고 직접 장을 봐서 요리했다. 뷰티 영상 대신 요리 영상을 틀어 놓고 부엌에 살다시피 하며 수많은 음식을 만들었다.

수연은 현재 살림 고수급의 집안일을 해낸다. 그녀의 집은 언제 가도 청결하고 아늑하며 바닥에 얼룩 한 점이 없다. 창문은 거울처럼 얼굴을 비춰 볼 수 있을 만큼 반짝이고, 구석구석 놓인 화초는 푸르고 싱그럽다. 가습기에서는 말리꽃 향 수증기가 뿜어져 나오고, 찻잔 밑에는 항상 니트 재질의 고급스러운 잔 받침이 놓여 있다.

모처럼 초대를 받아 수연의 집에 다 같이 모인 날이었다. 편안하고 쾌적한 분위기 속에서 소파에 앉아 이런저런 이야기를 나누는 동안 수연은 옅은 화장기가 도는 얼굴로 방긋방긋 웃으며 주방에서 뚝딱뚝딱 먹을거리를 만들었다. 훌륭한 집주인답게 중간중간 우리의 대화에 끼는 것도 잊지 않았다. 그러면서도 채 한 시간도 안 되어 직접 짠 과일주스, 먹기도 아까울 만큼 예쁜 핑거푸드, 정성 가득한 디저트 등을 한 상 가득 차려 냈다.

모두가 탄성을 올리며 그녀의 재주를 칭찬하는 동시에 그런 그녀를 떠나간 남자친구들의 안목 없음을 안타까워했다. 이렇게 멋진 여자를 놓치다니 다들 바보 아냐?

하지만 수연은 피식 웃으며 고개를 저었다.

"안목이 없는 게 아니라 당연했어. 적어도 그 사람들과 만나던 시절의 나는 내가 봐도 정말 별로였거든. 물론 이제는 다시 만나

자고 해도 내가 생각이 없지만"

그럼 지금은 연애 중이냐고 묻자 그녀는 약간 주저하더니 공교롭게도 지난주에 헤어졌다고 대답했다. 다들 깜짝 놀라며 이번엔 대체 뭐가 문제냐고 물었다.

이번 남자친구가 문제로 삼은 것은 그녀의 영어 실력이었다. 그는 곧 유학을 떠날 예정인데, 원래는 같이 가자더니 그녀가 영어를 전혀 못 하는 것을 알고는 자신한테 짐만 될 것 같은지 아예 헤어지자고 했다는 것이다.

우리는 할 말을 잃었다. 이쯤 되면 팔자에 남자 복이 없는 게 아닐까…!

죽상이 된 우리를 보고 수연은 되레 웃음을 터뜨렸다.

"다들 왜 그리 우울해? 내가 괜찮다는데. 난 벌써 다음 단계로 넘어갔어."

우리가 의아해하며 쳐다보자 그녀는 어깨를 으쓱이며 말했다.

"영어 선생님 구했어. 내일부터 과외 시작이야. 하는 김에 영어뿐만 아니라 프랑스어, 독일어, 이탈리아어까지 배워 보지, 뭐."

수연은 오히려 자신의 부족함을 지적해 준 전 남자친구들이 고맙다고 했다. 물론 당시에는 괴로워 죽을 것 같았지만 그 덕에 더 나은 자신이 될 수 있었다며.

이 얼마나 훌륭하고 본받을 만한 정신인가! 우리는 진심으로 탄복하며 그녀에게 엄지를 치켜들었다.

모든 실패한 연애는 쌍방 과실이다. 많든 적든, 양쪽 다 문제가 있었기에 연애의 생명이 다한 것이다.

어쩌면 나보다는 상대의 문제가 더 많고, 더 큰지도 모른다.

하지만 그렇다 해도 상대를 바꿀 도리는 없다.

✦ ✦

내가 바꿀 수 있는 것은 나 자신뿐이다.

있는 그대로의 나를 사랑해 줄 사람은 과연 없을까?

물론 있다.

단, 자신은 여전히 지저분하고 게으르고 봉두난발인 상태로

'이런 나를 있는 그대로 사랑해 줄 사람'을 기다린다면

한 번뿐인 인생을 걸고 도박을 하는 것이나 다름없다.

잔인한 이별 선언에 고마워할 줄 아는 사람은 이별이라는 거울을 통해 냉혹한 진실을 직시할 수 있다.

눈물과 슬픔에 사로잡혀 시간을 낭비하는 대신 자신의 부족함을 돌아보고 더 나은 자신으로 성장할 기회를 찾을 수도 있다.

살다 보면 생각지도 못한 시기에 예상치도 못한 곳에서 진짜 인연을 만나게 된다.

그러니 떠나간 옛사람이 아니라 다가올 그 사람을 위해 지금의 나는 준비해야 하지 않을까.

✦ ✦

사랑이라는 전쟁터에서 늘 이기지는 못하더라도
최소한 비루한 패잔병은 되지 말아야 한다.
지나간 사랑에서 교훈을 얻고 자신의 부족함을 메우며
새로운 사랑에 대비해야 한다.
끊임없이 준비하고 발전을 거듭하는 자만이
승전고를 울릴 수 있다.
이는 사랑에서도 마찬가지다.

이 세상은
나를 도울 만한 힘이 충분하다

있는 그대로

인정하면
편해지는 인생

승복하되 굴복하지는 말고,
강해지되 강한 척하지 않기.

#1

지난주 요가학원에 갔을 때, 새로 배운 동작이 좀처럼 되지 않아 애를 먹었다. 내 생각에는 꽤 고난도 동작이라 실패하는 게 당연하지 않았나 싶은데, 강사는 미간을 찌푸리며 이렇게 말하는 것이 아닌가.

"아니, 이게 왜 안 되시지. 수업 들은 지 꽤 되지 않았어요?"

나는 일부러 너털웃음을 지었다.

"죄송해요, 제가 워낙에 몸치라서 잘 안 되네요."

나의 솔직한 자아비판에 강사도 뜨끔했는지 당황한 미소를 지었다. 그러더니 그다음부터 가르치는 태도가 조금 달라졌다. 좀더 인내심을 발휘하며 동작 하나하나를 꼼꼼히 잡아 주고, 내가잘 따라가지 못해도 더 이상 재촉하지 않았다.

그래, 진작 이렇게 했어야지. 자기는 숙련된 전문가고 나는 생초보에 심지어 몸치인데, 나한테 왜 안 되느냐고 물으면 쓰나.

시작이 달랐으니 서 있는 위치도 다른 법. 상대를 인정하면 까다롭게 굴 일이 없다.

#2

　모 결혼정보회사에서 개최한 미팅 파티, 한 남자가 주변의 시선을 끌었다. 특별히 잘나서가 아니었다. 오히려 반대였다. 그는 미팅 파티에 매번 참여하는데 한 번도 커플 매칭에 성공한 적이 없는 것으로 유명했다.

　한 오지라퍼가 그다지 좋지 않은 의도를 품고 그에게 다가가 빙긋대며 말을 붙였다. 한눈에도 비아냥댐이 느껴졌다.

　"어때요, 이번에는 잘 풀릴 것 같아요?"

　뜻밖에도 남자는 망설임 없이 대답했다.

　"별로 가능성이 없어 보이네요. 보다시피 난 돈도 많지 않고, 잘 생긴 것도 아니고, 키가 크거나 학벌이 좋지도 않으니까요."

　그저 당황해서 쑥스럽게 웃거나 얼굴을 붉히겠거니 했던 예상을 훌쩍 뛰어넘는 직설적인 대답이었다. 지나치게 솔직한 탓에 오히려 질문한 사람이 위로의 말을 찾아 줄 정도였다. 그런데 난감해하고 있는 오지라퍼를 더욱 민망하게 하는 말이 그의 입에서 나왔다.

"내가 부족하다는 건 나도 인정해요. 그런데 인정하니 오히려 낫더라고요. 괜한 자존심에 매달릴 때보다 훨씬 편해요. 여기가 바닥인 걸 인정하고 나니 겸허해지기도 하고 말이죠. 오늘은 어디까지나 정신 수양하는 심정으로 나왔어요. 이미 낸 연회비가 아깝기도 하고."

주변에 가벼운 웃음이 일었다. 다들 솔직담백한 그에게서 의외의 매력을 느낀 듯했다.

그중에 그에게 조금 특별한 주의를 기울인 여성이 있었다. 그의 솔직함에 끌린 그녀는 그에게 먼저 다가가 말을 걸었고, 마침내 두 사람은 사이좋게 파티장을 떠났다.

　반대로 '인정하지 못해서' 화를 당한 사람도 있다.

　얼마 전 신문에서 본 기사다. 한 젊은 연인이 데이트를 하다가 불량배들과 시비가 붙었다. 불량배들이 여자를 향해 음담패설을 던지고 휘파람을 불어댄 게 원인이었다. 처음에 남자는 화가 난 여자친구를 달래 그 자리를 피하려 했다. 그런데 여자친구가 '실망했다, 너 남자 맞냐, 자존심도 없냐, 위험에서 지켜주지도 못하는 남자를 어떻게 만나냐'며 몰아붙이자 어쩔 수 없이 불량배들에게 맞섰다.

　말다툼은 곧 주먹다짐으로 번졌고, 결국 남자는 피투성이가 되어 병원으로 실려 갔고 돌이킬 수 없는 상처를 입었다.

　만약 그가 자신의 불리함을 인정하고 그 자리를 피했다면 어떻게 됐을까? 물론 인정하지 말아야 할 때도 있다. 하지만 어디까지나 때와 장소, 상황을 잘 따져 판단해야 한다.

✦ ✦

마지노선을 넘지 않는 수준의 '적절한 인정'은
불필요한 갈등과 다툼을 피할 수 있는
합리적 후퇴이기도 하다.

#4

마카오의 도박꾼들 사이에 금언처럼 떠도는 말이 있다. 매일 똑같은 판돈을 들고 가되, 다 잃으면 지체 없이 털고 나올 것.

이를 '승복'이라고 한다. 쉽게 말해 패배를 인정하는 것이다. 이 금언을 철저히 지키는 도박꾼이 있었다. 1,000만 원으로 잭팟을 터뜨려 몇십 억대의 자산가가 된 후 카지노의 VIP로 대접받는 전설적 인물이었다. 그는 항상 딱 1,000만 원만 가지고 도박판에 앉았고, 그 돈을 다 잃으면 미련 없이 일어났다. 가족들은 매일같이 카지노를 들락거리는 그에게 별다른 불만이 없었다. 어차피 도박으로 돈을 번 데다 현재 자산 규모에서 그쯤이야 푼돈에 불과했기 때문이다.

하지만 그도 결국 눈이 멀어 원칙을 깨는 날이 오고 말았다. 졌다는 사실을 인정하지 못하고 가져간 판돈이 다 떨어졌는데도 일어나지 않고 돈을 빌려 게임을 계속한 것이다. 돈을 잃고 또 잃어도 멈출 줄 몰랐다. 재산을 탕진하고 빚이 눈덩이처럼 커졌지만 그는 여전히 승복하지 못한 채 다시 도박판에 앉았다. 그리고 결국 회사 공금까지 손을 댔다.

브레이크가 고장 난 기차처럼 폭주하던 그의 도박 행각은 공금횡령 사실이 발각되어 체포되고 나서야 멈췄다. 피해는 고스란히 그의 가족들에게 돌아갔다. 아내와 아이들은 집끼지 들이닥친 빚쟁이들에 놀라 야반도주했고, 하루 끼니를 걱정해야 할 만큼 비참한 상황에 부딪혔다.

✦ ✦

인생은 바둑과 같아서 늘 이길 수만은 없다.

누구든 패배를 인정하고 승복해야 할 때가 온다.
그리고 승복해야 할 때 승복하지 못한 결과는
대개 하나같이 비참하다.
물러서야 할 때 물러서지 않는다면,
결국 스스로 목을 조르는 자충수를 두게 마련이다.

　　자신의 나약함과 부족함을 인정한다고 해서 나약하고 부족한 사람이 되는 것은 아니다. 오히려 솔직하게 인정하고 내려놓으면 새로운 길이 보이기도 한다. 때로는 세상을 향해 무기를 치켜들지만 말고 손을 들고 항복하는 것도 현명한 삶의 방식이다.

자신이 놓인 자리를 객관적으로 파악하고, 큰 틀을 해치지 않는 선에서 적당히 엄살도 부리고, 솔직히 열세를 인정하면서 도움을 청할 줄도 알아야 한다. 우리가 슈퍼맨도 아니고 무슨 수로 매사에 이기며 살겠는가. 평범한 인간으로 잘 살아남으려면 최소의 투입으로 최대의 결과를 얻어 내는 것이 최선이다.

✦ ✦

승복하되 굴복하지 말고,
강해지되 강한 척하지는 마라.
그리고 기억할 점은,
이 세상은 나를 도울 만한 힘이 충분하다는 것이다.

실패해도
괜찮아

실패해도 괜찮고, 참패해도 괜찮고,
연달아 패배해도 괜찮다.
중요한 것은 '더 나아질 수 있다는 가능성'의 발견이다.

#1

　지섭은 '차^茶 덕후'다. 그의 차 사랑은 차를 마시고, 음미하고, 모으고, 차 이야기를 하며 친구를 사귀는 데 그치지 않고 아예 업으로 삼는 수준에 이르렀다.

　이제 그는 전국의 유명한 다원을 돌아다니며 직접 차를 거래한다. 뛰어난 품질의 찻잎을 얻기 위해 첩첩산중 두메산골도 마다 하지 않고 찾아가는 그를 보면 진짜 사랑이란 저런 게 아닐까 싶다.

　그렇게 온갖 정성을 들여 구해 온 차를 일부는 자신과 지인을 위해 보관하고, 일부는 팔고, 일부는 차 상인끼리 친목을 도모하는 데 투자한다. 그런데 이 친목의 방식이 범상치 않다. 다들 차 덕후를 넘어 이른바 '차의 전쟁'을 벌이기 때문이다.

　'차의 전쟁'이란 서로 가진 차의 품질을 겨루는 것을 말한다.

　두 사람이 맞대결할 수도 있고 여러 명이 한꺼번에 자웅을 다투기도 한다. 보통 생산지, 제다^{製茶} 방식, 보관 방법 등 차의 맛과 향에 영향을 미치는 여러 정보를 비교해서 차 상인으로서 안목을 검증한다.

지섭은 차의 전쟁에 푹 빠져서 기회만 생기면 입에 침이 마르도록 이야기했다. 어디서 누구와 벌인 겨루기는 어떠했고, 어느 때 아무개가 가져온 차가 참 훌륭했다는 식의 이야기를 무슨 대단한 무용담처럼 펼쳐놓는 그를 보고 있노라면 그 세계가 참 심오하다는 생각이 들지 않을 수 없다.

한번은 그에게 그렇다면 성적은 어떠냐고 물었다. 그래도 명색이 '전쟁'인데 이기는지 지는지, 승률은 어떤지 궁금하지 않다면 거짓말이리라. 지섭은 쑥스럽게 웃으며 이길 때보다 질 때가 많다고 했다. 오죽하면 별명이 백전백패 장군이라나. 아무리 그래도 그렇지, 그런 말을 들으면 화나지 않냐고 묻자 지섭은 도무지 이해할 수 없는 대답을 했다. 오히려 '고맙다'는 것이다.

"나도 처음에는 이기고 싶은 마음뿐이었어. 그런데 자꾸 지다 보니까 그게 오히려 나한테 도움이 되더라. 차의 전쟁에서는 규칙이 있는데 바로 이긴 사람이 진 사람의 차를 사들이는 거야. 가지고 있는 양의 반 정도를, 원래 가격보다 조금 더 비싸게 구매하는 게 원칙이지. 패자를 위로하는 방법이랄까. 그럼 나는 그 돈을 가지고 더 좋은 차를 찾아다녀. 결과적으로는? 정말로 더 좋은 차를 만나게 되더라고."

✦ ✦

패배함으로써 더 좋은 것을 얻게 된다.
이것이 바로 그가 져도 괜찮은 이유였다.

#2

한동안 북쪽 지방의 작은 마을에 머무른 적이 있었다. 그곳에서 혼자 사시는 할머니 한 분과 친구가 되었더랬다.

일흔이 다 되어가는 그녀는 병으로 남편과 아들을 일찍 잃고 홀로 손녀를 키우며 사셨다.

며느리는 일찌감치 재가하여 연락이 끊어졌고, 젖병을 물리고 기저귀를 갈아가며 애지중지 키운 손녀딸이 올해 유명한 사범대학에 합격했다고 한다. 합격한 날은 그야말로 온 마을 경사나 다름 없었다며, 할머니는 꽤 자랑스러워하셨다.

다행히 시골 인심이라고 해야 할까? 며느리가 떠난 후 젖먹이와 단둘이 남겨진 할머니의 사정을 알게 된 마을 사람들이 이들을 도왔기에 여기까지 올 수 있었다.

가장 먼저 도움의 손길을 내민 사람은 옆집 아주머니였다.

궁핍한 사정을 아는 만큼 할머니가 말하기도 전에 먼저 찾아와 돈을 빌려주었고, 그뿐 아니라, 채소며 과일, 고기 같은 것도 한 번씩 들여놓아 주며 형편을 살폈다고 한다.

손녀보다 조금 큰아이를 키우는 동네 아기엄마들은 작아진 옷 가지며 장난감 같은 물품들을 가져다주며, 아이의 성장을 함께 지켜봐 주었다.

그렇게 온 마을이 십시일반, 서로 조금씩 내놓고 도와가며 지금껏 할머니의 손녀를 키운 셈이다. 그러니 아이가 좋은 대학에 들어갔을 때 다들 자기 일인 양 기뻐한 것은 어찌보면 당연한 일이다.

고생 끝에 낙이 온다고, 이제 할머니에게는 행복할 일만 남은 듯 했다. 손녀가 졸업하고 취직해서 제 살길을 찾으면 할머니도 지내기가 훨씬 수월해 질테니 말이다.

굴곡지고 괴로운 날들이 많았겠지만 결국 그 모든 세월을 견디고 이렇게 좋은 날을 맞이할 수 있었던 데는 좋은 사람들을 이웃으로 둔 덕이 크지 않았나 싶다. 역시 하늘은 가련한 자를 내치지 않는듯 하다. 하지만 이런 내 생각을 밝히자 놀랍게도 할머니는 고개를 내저으며 이렇게 말씀하셨다.

◆ ◆

　　　　　　　"물론 많은 사람이 도와준 건 맞지,

　　　　　　하지만 나 역시 평생 도움받은 걸

　　　　　　기억하고 감사하며 보답할 거여.

　　　　그리고 결국 나를 가장 많이 도운 것은

　　　　다른 사람이 아니여, 바로 나 자신이여."

　　나이가 많음에도 새로운 문물을 받아들이는 데 적극적인 할머니는 얼마 전부터 손녀에게 인터넷 방송하는 법을 배워 집에서 키운 농작물, 달걀 따위를 온라인으로 팔고 있다고 했다. 수입도 꽤 짭짤하다며 행복한 미소를 짓는 모습이 마냥 철없는 소녀같기도 했다.

　　이렇게 번 돈을 손녀를 위해 저축하고 있다는 말에 눈물이 찔끔 났다면, 내가 너무 주책스러운 것일까?

◆ ◆

　　　　　　"다른 사람이 나를 도와주는 건 정분이고,

　　　　　　내가 나를 돕는 건 본분이여."

세월이 만들어낸 정답을 툭 던지신 뒤 할머니 말씀이 이어진다.

✦ ✦

"만약 내가 나를 대단하게 여기지 않으면 다른 사람도
나를 도와주지 않는 법이여. 다들 내가 어떤 사람인지를
아니께 힘도 합치고 도와줄 생각도 하지.
만약 내가 싹수 노란 게으름뱅이라면
누가 신경이나 쓰겠어?"

   며칠 후, 나는 할머니와 작별 인사를 했다.
   앞으로의 계획을 묻자 할머니는 벌써 다 세워놨다며, 손녀가
완전히 독립하면 이 작은 시골 마을을 떠나 혼자서 넓은 세상 방
방곡곡을 여행할 생각이라고 했다.

   "늙었다고 죽을 때까지 얌전히 앉아있으라는 법 있는가?
   지금까지는 손녀를 위해 살았으니, 이제부터 나를 위해 살아
야지."

   나는 할머니가 꼭 그렇게 하리라고 믿는다.

어릴 때 일이다. 옆자리 친구가 예쁜 가방을 메고 왔는데 그때까지 아무렇지도 않았던 내 가방이 갑자기 촌스러워 보였다. 그래서 한 달 동안 집안일을 돕고 용돈을 받아서 새 가방을 샀다.

직장 다닐 때는 동료가 들고 온 세련된 수제 가죽 핸드백에 마음을 빼앗겨 벼르고 벼르다가 보너스를 받자마자 공방으로 달려가 수제 핸드백을 맞췄다. 그리고 이 핸드백은 몇 년 뒤, 백화점 쇼윈도에 진열되어 있던 명품 가방에 자리를 내주었다. 내 나이와 경력, 지위를 봤을 때 명품 백 하나는 있어도 괜찮겠다 싶었던 것이다. 그래서 연봉 협상에 성공한 기념으로 하나 마련했다.

지금 내가 눈독을 들이는 것은 얼마 전 상사가 들고 나타났던 에르메스 백이다. 대충 계산기를 두들겨 보니 몇 년만 허리띠를 졸라매면 가능할 것도 같다. 에르메스 백을 품에 안는 그 날을 조금이라도 앞당기기 위해 요새 아주 열심히 일하는 중이다.

우리는 일상생활에서 끊임없이 승패를 겪는다. 옷, 가방, 화장품 등 물질적인 것에서부터 자세, 태도, 언행, 적절한 유머 감각에 이르기까지 남이 나보다 나으면 자신도 모르게 '졌다!'고 생각한다. 부러우면 지는 거라는데 이미 부러움을 느껴 버렸으니 어쩌

패배는 내가 성장할 수 있는 자극이다.
분한 마음을 못 이겨 주저앉을지,
동기를 부여받아 더 커나갈지는
온전히 내 몫이다.

겠는가.

그러나 그렇다고 해서 속상해하거나 좌절에 빠지는 것은 못난 짓이다. 오히려 '어허, 이런 고수를 만나다니 오늘은 틀렸군!'이라며 싱글벙글해야 한다. 졌는데 싱글벙글하라니 무슨 소리인가 싶겠지만 패배의 가치와 묘미를 아는 사람이라면 분명 이해할 것이다.

#4

어떤 모임에서 요새 뜨는 젊은 배우와 대화할 기회가 생겼다. 이런저런 이야기를 하던 중, 그가 갑자기 연기파 중견배우의 이름을 꺼내며 요새 그 선배와 함께 영화를 찍는데 스트레스가 이만저만이 아니라고 했다.

그의 설명에 따르면 그 선배는 뺨 때리는 장면이 있으면 정말 눈에 불이 번쩍할 정도로 세게 때린다고 했다. 우는 장면에서는 감독이 사인을 보내기도 전부터 눈물이 그렁그렁하고, 다투는 신에서는 퍼런 멍이 들 정도로 상대의 손목을 움켜쥐는 일도 예사라 했다.

반대로 자신이 맞는 장면에서 상대 배우가 힘을 다하지 않으면 버럭버럭 화를 내고, 궁지에 몰린 상대가 '에라 모르겠다'는 심정으로 힘껏 주먹을 날리면 코피를 흘리면서도 기뻐한다고 했다.

때로는 연기에 너무 집중하느라 머리가 터져 피가 흐르는 것도 모르고 촬영이 끝나고 나서야 아픔을 느낀다고 하니, 상대 배우로서는 무서울 법도 하다는 생각이 들었다.

그 와중에도 눈빛을 형형히 빛내며 분명한 발음으로 혀 한 번 꼬이지 않고 대사를 소화해 내는 것을 보면 존경을 넘어 경이로움을 느끼게 된다며 그는 약간 질린 표정을 지었다.

"이것저것 길게 설명할 것도 없어요. 선배가 치는 대사 한마디에 두 손 두 발 다 들게 된다니까요. '저걸 어떻게 받아, 어떻게 이겨.' 이런 생각이 절로 들어요."

내가 안됐다는 눈빛으로 바라보자 그는 너털웃음을 터뜨리며, "하지만 지금은 좀 괜찮아졌어요."라고 했다. 그리고 어떻게 괜찮아졌냐는 질문에 매니저가 해 준 말을 꺼냈다.

"매니저가 위로하면서 그러더라고요. '괜찮아, 졌다 싶은 순간에 넌 이미 이긴 거니까.' 저는 그게 뭐냐고, 정신 승리냐고 물었죠. 매니저는 고개를 저으면서 말했어요."

"지금까지는 주로 너보다 실력이 없거나 이제 막 시작한 배우와 선배님 소리 들어가면서 연기했잖아. 그 배우들을 보면서 압박감 느낀 적 있어? 없지? 매일 촬영장에 가서 기계적으로 대사만 읊고 나와도 그들보다 훨씬 나으니까. 늘 쉽게 이겨 왔던 거야.

하지만 이 선배와 일하면서부터 넌 항상 긴장하고 두려워하고 곤두서 있어. 대사 한마디라도 놓칠까 대본을 달달 외우고, 자기가 나온 장면을 몇 번이고 모니터링하고, 제 발로 감독에게 찾아가 같이 캐릭터 분석도 하지. 왜? 선배 앞에서 부끄럽기 싫거든. 연기 못 한다는 소리 들을까 봐 겁나거든. 넌 졌다는 생각에 스트레스를 받겠지만 그 덕에 더 나은 배우가 되어 가고 있어. 이 영화가 끝났을 때 스스로 어떤 배우가 되어 있을지 생각하면 기대되지 않아? 난 기대 돼.'"

목표가 없는 사람은 스스로 더 나아지고 싶어도 어떤 방향으로 어떻게 노력해야 할지조차 모른다. 이럴 때야말로 가장 공허하고, 가장 위험하다. 그러나 일단 목표가 생기면 설령 아직 이룰 길을 찾지 못했다 해도 마음이 향하는 곳이 생겼기 때문에 절로 투지를 불태우게 된다. 이때 필요한 것은 시간과 노력뿐이다.

실패해도 괜찮고, 참패해도 괜찮고, 연달아 패배해도 괜찮다. 중요한 것은 '더 나아질 수 있다는 가능성'의 발견이다.

✦ ✦

성장이라는 주제에서 보면 승패는 절대 중요하지 않다.

실패와 패배로 인해 완벽해 보이던

나의 작은 세계가 깨어질 때,

우리는 껍질 밖의 더 크고 아름다운 풍경을 보게 된다.

그러니 졌다고 비탄에 빠지지 말고 오히려 기뻐하라.

진심과
정성을 다해

내가 아직 줄 수 있기를,
그리고 그대가 아직 받아 줄 수 있기를.

#1

동료 작가 C에게 재미있는 이야기를 들었다.

어느 해인가 C는 친구의 별장을 빌려 한 달 정도 원고 작업을 했다. 그가 별장을 떠난 후에 친구에게 전화가 왔다. 친구는 한참 망설이더니 혹시 별장에 머무는 동안 주변 사람에게 원한을 산 일이 있냐고 물었다. C는 깜짝 놀랐다. 문제의 별장은 외딴곳에 있어서 주변에 이웃이라고 할 만한 집도 얼마 되지 않았지만, 그 몇 안 되는 이웃 역시 다 예의 바르고 교양 있는 사람이라 좋은 기억밖에 없었기 때문이다. 그런데 느닷없이 원한이라니?

친구 역시 그 사실을 잘 알기에 곤혹스럽다고 했다. 무슨 일이 있냐고 묻자 지금 별장에 와 있는데, 요 며칠간 하루도 빠지지 않고 대문 앞에 죽은 물고기나 커다란 곤충 따위가 놓여 있다는 대답이 돌아왔다. 심지어 기다란 뱀이 핏기가 성성한 채 늘어져 있던 적도 있다고 했다. 하도 깜짝 놀라서 이제는 문밖에 나가기조차 무섭다고, 친구는 떨리는 목소리로 말했다.

안 그래도 심약하고 여린 친구가 걱정됐던 C는 전화기를 붙들고 한나절 내내 여러 가능성을 요리조리 따져 보았지만, 두 사람 모두 뾰족한 답을 떠올리지 못했다. 어쩔 수 없이 전화를 끊으려는 찰나, 갑자기 한 가지 일이 C의 뇌리를 스쳤다.

한창 원고 작업 중이던 늦은 봄, 난데없이 내린 우박 섞인 비가 그치고 난 뒤 C는 산책에 나섰다. 그런데 강가에서 이름 모를 커다란 새가 날개를 다친 채 퍼덕이고 있는 것을 발견했다. 그녀는 어렵사리 새를 집으로 데려가서 상처에 약을 발라 주고, 자신이 먹으려고 사 둔 생선을 먹여 가며 정성껏 돌보았다. 그리고 어느 정도 기력을 회복한 뒤 풀어 주었다. 그 일을 이야기하자 친구는 믿을 수 없다는 듯 말했다.

"뭐야, 설마 전래동화 속 은혜 갚은 까치 같은 거야?"

C는 자신 없는 말투로 까치는 아니었다고 중얼거렸고, 친구는 어쨌든 주의 깊게 지켜보겠다고 했다. 그로부터 며칠 뒤, 드디어 '주인공'이 모습을 드러냈다. 커다란 회색 새가 대문 앞에 죽은 물고기를 물어다 놓는 장면이 포착된 것이다. 야생동물을 잘 아는 친구에 따르면 왜가리가 확실했다.

알고 보니 이 왜가리는 친구의 별장만이 아니라 근처의 다른 농가 앞에도 물고기를 가져다 놓고 있었다. 아니나 다를까, 그 농가 주인도 왜가리에게 먹이를 준 적이 있다고 했다.

농가 주인이 들려준 이야기는 더 흥미로웠다. 왜가리가 '선물'을 가져다 둔 후 어디선가 관찰하고 있다는 것이다. 언젠가는 물고기를 가지고 들어갔더니 다음 날도 똑같이 물고기를 놓아두었다고 했다. 반면, 왜가리가 두고 간 죽은 곤충은 내다 버리자 다시는 대문 앞에 곤충이 놓여 있지 않았다.

이 기묘하고 신기한 이야기를 듣는 동안 친구의 머릿속에는 늠름한 중세 기사가 떠올랐다고 한다. '어쩔 수 없다'는 듯 머리를 긁적이며 중후하게 이렇게 말하는 모습을 말이다.

"이런, 이것도 싫고 저것도 싫다니. 정말 손이 많이 가는 녀석이로구나. 알았다, 내 다시 궁리해 보마."

나 역시 이 이야기에서 느껴지는 불가사의하고 기묘한 호의에 그만 웃고 말았다. 이 얼마나 어리석고, 너그럽고, 무조건적 애정이 가득한 은혜 갚기인지. 미스터리한 일은 이처럼 어이 없는 해프닝으로 마무리 됐다.

그런데 이 어리석고, 너그럽고, 무조건적 애정이 또 한번 내게 쏟아진 일이 있었다.

새 책이 나와서 블로그와 SNS에 홍보 글을 올렸더니 잠시 후 엄마에게 전화가 걸려왔다.

"딸, 책이 새로 나왔네. 엄마가 뭐 도와줄 일 없을까?"

나는 괜히 마음 쓰지 마시라고, 책 보내드릴 테니 침대 머리맡에 두고 잠 안 올 때 읽어 주시기만 하라고 손사래를 쳤다. 엄마는 소녀처럼 웃으시며 알겠다고 했다.

얼마 뒤 명절을 쇠러 본가에 갔는데 친척 어른이 나를 보자마자 너희 엄마가 걱정스럽다고 했다. 요새 밥을 먹을 때든 차를 마실 때든 수시로 휴대전화를 들여다보며 무언가를 계속한다는 것이다. 대체 어디에 정신이 팔렸는지 모르지만 위험한 일에 빠지진 않았는지 엄마를 잘 떠보라고 했다.

나는 곧장 엄마에게 가서 물었다.

"엄마, 요즘 휴대전화로 뭐 하세요? 재밌는 게임이라도 하시는 거예요?"

엄마는 선뜻 알려 주지 않았지만 내가 집요하게 캐묻자 못 이기겠다는 듯 망설이며 입을 열었다.

"그게…, 네 글에 '좋아요'를 누르고 있어."

좋아요? SNS에 누르는 그 '좋아요'? 나는 당황해서 말까지 더듬었다.

"어, 엄마가 그, 그런 걸 할 줄 아세요?"

"누가 그러더구나, 네 SNS 페이지에 '좋아요'를 많이 누르면 네 인기가 올라간다고. 내가 노안 탓에 잘 안 보여서 글은 못 남기겠고, 그나마 '좋아요' 누르는 건 할 수 있으니 매일 열심히 눌렀지. 손가락 조금 놀리면 우리 딸 인기가 올라간다는데, 수천 번을 못 누르겠니?"

"엄마…."

울어야 할지 웃어야 할지 알 수 없었다.

내가 활동하는 SNS는 '좋아요'를 누를 수 있는 권한이 ID당 한 번뿐이다. 엄마가 수백 번을 눌렀어도 결국은, '좋아요' 했다가 취소되었다가 다시 '좋아요'를 반복한 것밖에 되지 않는 셈이다. 엄연히 말하면 시간 낭비, 에너지 낭비였다.

하지만 나는 아무 말도 하지 못했다. 그저 눈도 불편하신데 휴대전화를 너무 많이 보지는 마시라고, 가까스로 한마디 했을 뿐이다.

엄마에게 다 소용없는 짓이라고 설명했어야 할까? 모르겠다.

하지만 엄마가 왜 그랬는지는 너무나 잘 안다. 조금이나마 나를 돕고 싶었기 때문이다. 자신의 모든 것을 동원해서 힘껏 딸을 사랑해 주고 싶었기 때문이다. 그래서 흐릿한 눈을 찌푸리고 자그마한 휴대전화 화면을 들여다보며 하루 종일 '좋아요'를 누른 것이다. 그런 사랑을 넘치도록 받았으면서 내가 무슨 권리로 엄마에게 실망감을 안긴다는 말인가.

부디 이 글만큼은 엄마가 보지 않았으면 좋겠다. 계속 나를 위해 '좋아요'를 눌러 주면 좋겠다. 엄마가 딸을 돕고 있다는 만족감에 빠져 살 수 있다면 정말 좋겠다.

잊지 말자.
언제나 나를 위해 기도하는 사람이 있다는 것을.
또 그 사랑만큼 내가 나를
소중히 여겨야 한다는 것을.

#2

어릴 적 나는 꾸미기를 좋아하는 아이였다. 그 탓에 한겨울에도 예쁜 부츠만을 고집했는데, 문제는 부츠라는 물건이 원래 예쁠수록 미끄럼방지 기능이 떨어진다는 점이다. 게다가 난 심각한 몸치인지라 빙판길에서 조금만 삐끗해도 균형을 못 잡고 엉덩방아를 찧거나 발목을 접질리기 일쑤였다. 그래서 겨울에는 항상 아빠와 함께 등하교했다. 아빠는 내게 거목과 같은 든든한 버팀목이었다. 키 크고 건장한 아빠의 팔을 붙들면 아무리 미끄러운 빙판길도 두렵지 않았다.

버팀목 같았던 아빠는 어느 해, 내가 성인이 되어 이제 혼자 씩씩하게 걷게 되었을 때 쓰러지고 말았다. 다행히 적절한 때 치료받아 건강은 회복했지만 대신 거동이 불편해져서 지팡이를 짚게 되었다. 지금은 옆에서 보는 사람만 안쓰럽지, 정작 본인은 아무렇지도 않은 듯 여전히 여기저기 잘 다니신다.

이번 겨울, 본가에 갔을 때 나는 또 집 앞 골목 빙판길에서 넘어지고 말았다. 얼얼한 엉덩이를 문지르며 뒤뚱뒤뚱 들어서는 나를 보고 아빠는 '허허' 웃으시면서도 얼른 일어나 타박상 연고를 가져오셨다. 나는 이 나이 먹어서 애처럼 넘어진 게 쑥스러워 볼멘

소리로 집 앞이 또 얼음판이 되었다고 투덜댔다.

다음 날, 모처럼 늦잠을 자고 나와 보니 아빠가 보이지 않았다. 지팡이도 없는 것을 보니 바깥에 나가신 게 분명했다. 나는 벌컥 화부터 났다. 이렇게 추운 날씨에, 더구나 길까지 꽁꽁 얼어붙은 마당에 걸음도 불편하신 양반이 대체 어디를 가신 걸까? 내가 나가지 마시라고 신신당부했는데! 혹시나 넘어지기라도 하면 어쩌시려고!

황급히 밖으로 나갔을 때 다행히 저 멀리 골목 어귀에서 느릿느릿 걷고 있는 아빠의 모습이 보였다. 나는 서둘러 아빠 쪽으로 가려다가 뭔가 이상한 것을 느끼고 멈춰 섰다. 고개 숙여 아래를 보니 빙판길에 빼곡히 뚫려 있는 작고 둥근 구멍들이 보였다. 깊지는 않지만 워낙 수가 많은 탓에 빙판이 거칠거칠해져서 더 이상 미끄럽지 않았다.

발밑을 보며 멍하니 서 있는데 옆집 아저씨가 나와서 말했다.

"네 아빠, 오늘 새벽부터 저러고 있다. 사람들이 그만하면 됐다고 해도 듣질 않고 혼자 끙끙대면서 지팡이로 얼음판에 꾹꾹 구멍을 내놓더라. 아마 누가 미끄러져 넘어질까 걱정돼서 그러는 모양이야."

나는 두 손으로 눈두덩을 꼭 누르고 있다가 간신히 큰 소리로 아빠를 불렀다.

"아빠…!"

키 크고 구부정한 그림자가 천천히 몸을 돌렸다. 차고 맑은 공기 속으로 하얀 입김이 퍼졌다. 코끝까지 빨개진 얼굴이 나를 향해 반갑게 미소 짓고 있었다. 나는 그 얼굴을 향해 망설임 없이 달려갔다.

✦ ✦

무엇을 걱정하겠는가.
이토록 단단한 사랑을 붙들고
한 걸음 한 걸음 걷는 한,
절대 넘어질 리 없다.

이 세상에는 어쩜 이렇게나 우직한 이가 많은지.
그들은 때때로 아무 소용없는 짓을 열심히 하기도 하고, 쉽게 할 수 있는 일을 어렵게 하기도 하며, 심지어 어이없는 웃음이 나오는 행동을 하기도 한다.

그들이 바라는 것은 오로지 하나, 당신을 품에 꼭 안고 자신들에게 가장 좋은 것을 당신의 품에 한아름 안겨 주는 것이다.

마치 당신이 아직도 요람 안에 누워 있는 작고 무력한 아기인 양, 진심과 정성을 다해 당신을 보호하고 돌보려 할 뿐이다.

어리석은 그들은 사랑을 덜어놓을 줄도, 흥정할 줄도 모르고 그저 한없이 퍼부어 선물할 줄만 안다. 그런 그들의 사랑은 화려하거나 대단하지 않지만, 그 분량만큼은 착실하고 확실하다.

✦ ✦

평생 잃고 싶지 않은 단 하나를 고르라면
나는 주저 없이 이 사랑을 고를 것이다.
늘 더 주지 못해 미안해 하는 그들이지만
사실은 그것만으로 충분하다.
아니, 그것만으로도 만족한다.
이제는 내가 그들에게 주고 싶다. 충분히, 아주 많이.

그리고 그들이 좀 더 오래도록 받아 줄 수 있기를,
간절히 바라고 또 바란다.

때로는 좋은 거절이
새로운 시작으로 이어지기도 한다.

외
로
움

거절을 못하는

당신에게

당신을 이해하는 사람이라면
적절한 거절로 서로에 대한 존중을 확인할 수 있고,
당신을 이해하지 못하는 사람이라면
확실한 거절로써 후환을 미연에 방지할 수 있다.

#1

지난 설 명절, 본가에 간 나는 엄마와 한 가지 '약조'를 맺었다. 이번 연휴 기간 내내 둘 다 다른 약속을 잡지 않고 모녀끼리 오붓하게 보내기로 한 것이다. 이를 위해 엄마는 친구와의 모임을, 나는 친구와의 만남을 포기하기로 엄숙히 선언했다. 그런 뒤 둘이서 쇼핑하고 요리해 먹고 수다를 떨며 일주일짜리 연휴를 하루하루 알차게 보내고 있었다.

그러나 우리의 약조는 닷새째 되던 날, 엄마한테 걸려온 전화 한 통에 와장창 깨졌다. 그날 우리는 일정에 맞춰 찜질방에 갈 채비를 하고 있었는데 엄마가 전화를 받더니 이런 대화를 나누는 게 아닌가.

"응? 쇼핑? 언제? 아, 두 시쯤? 음…, 그래, 알았어."

'알았어'라니, 세상에! 나는 도무지 믿을 수 없다는 얼굴로 엄마를 뚫어지게 바라봤고, 엄마는 안절부절못하며 내 시선을 피했다.

"엄마, 우리 찜질방 가기로 했잖아요. 난 오늘 엄마랑 찜질방 가려고 동창 모임도 미뤘단 말이야. 그런데 어떻게 고민 한 번 안 하고 그렇게 흔쾌히 대답할 수가 있어요?"

엄마는 미간을 찌푸리며 곤란하다는 듯 말했다.

"아휴, 나도 참. 알아, 아는데…, 도무지 거절할 수가 없는데 어떡하니."

그렇다, 우리 엄마는 거절을 못 하는 사람이다.
엄마는 성격이 시원시원하고 사람을 좋아하는 만큼 친구도 많은데, 거절을 못 하는 치명적인 단점 때문에 종종 이런 사태가 벌어진다.

"여보세요. 아, 유나 엄마. 내일 오전 열 시에 차 마시러 온다고? 그래그래, 와요."
"여보세요. 어머, 미영 씨구나. 내일? 괜찮지. 열 시? 응, 괜찮아. 내일 봐."
"여보세요. 언니야? 나야 잘 지내지. 무슨 일인데? 내일 오전? 알았어요."

나는 옆에서 듣고 있다가 등골이 오싹해졌다.

"엄마, 내일 오전에 대체 몇 사람이랑 만나기로 한 거예요? 다 겹치는 거 같은데?"

엄마는 내 말을 듣고 그제서야 곤혹스러워했다.

"그러게, 어쩌면 좋지? 하지만 다들 그때 만나자는데 어떻게 안 된다고 하니?"

다음 날 오전 열 시, 우리 집 거실에 전화로 약속을 잡은 그 모든 사람이 떨떠름한 표정으로 서로를 곁눈질하는 광경이 펼쳐졌다. 엄마는 긴장한 기색을 감추려고 차를 내오느니, 과일을 깎아 오느니 일부러 더 호들갑을 떨었지만 딱딱한 분위기는 좀처럼 누그러들지 않았다. 나는 그런 손님들의 불편한 심정을 십분 이해했다.

생각해 보시라. 둘만 아는 중요한 이야기를 하러 왔는데 제삼자가 떡하니 앉아있다면 기분이 어떻겠는가? 아니, 단순히 수다나 떨러 왔다고 해도 나와 약속한 그 시간에 다른 사람과 또 약속을 잡았다면? 그 사실 자체가 불쾌하지 않을까. 아무리 친한 사이라 해도 무시당했다는 생각이 들 수밖에 없을 것이다.

결국 세 사람 모두 말을 하는 둥 마는 둥 하다가 앞다투어 총총히 돌아갔다. 나는 울상이 된 엄마에게 참지 못하고 한마디 했다.

"엄마, 다음부터 이런 일 생기면 선약이 있다고 거절하세요."

그러자 엄마가 발끈하며 대꾸했다.

"어떻게 그래? 예의 없이. 상대방 기분을 상하게 하면 안 되지!"

"아니, 그럼 오늘 그분들은 엄마가 거절을 안 해서 기분 좋았겠어요? 난생처음 보는 사람들이랑 둘러앉아서 의미 없이 30분을 보내고 갔는데? 이런 대접을 받고도 과연 엄마를 예의 바르다고 생각하겠느냐고요?"

엄마는 아무 말도 하지 못했다.

사실 알고 보면 모든 사람에게 동시에 예의를 지키는 것 자체가 가장 예의 없는 행동이다.

한 공무원이 뇌물 수수 혐의로 체포된 후 인터뷰에서 왜 그랬
냐는 질문을 받고 이런 답을 내놓았다.

"누구 돈은 받고 누구 돈은 안 받으면 미안하잖아요."

그에게 제일 처음 뇌물을 준 사람은 그의 상사였다. 이미 부패
한 공무원이었던 상사는 자신이 뇌물 받은 사실을 그가 알게 되
자 입막음을 위해 두툼한 봉투를 건넸고, '마음이 여린' 그는 며칠
고민하다가 결국 그 돈을 받고 말았다. 물론 이때 돈을 받아든 이
유도 '상사의 기분을 상하게 할까 봐'였다.

처음이 있으면 두 번째도 있는 법, 게다가 한 번 넘은 선을 또
넘기란 어려운 일이 아니었다. 게다가 사람들이 친근하게 웃으며
이렇게 말하면 받지 않고 배길 도리가 없었다고 했다.

"주무관님, 받아주시죠. 저를 무시하는 건가요? 정말 섭섭합니
다."

그는 단지 안하무인이라는 평판을 듣고 싶지 않았을 뿐이라고

변명했다. 그러나 그의 바람과 달리 상황은 점점 더 걷잡을 수 없이 치달았고, 그가 심각성을 깨달았을 때는 이미 돌이킬 수 없는 지경에 이른 뒤였다.

그는 충혈된 눈으로 카메라를 향해 이렇게 말했다.

"난 욕심 많은 사람이 아닙니다. 사치한 적도 없고, 도박 같은 것에 손댄 적도 없어요. 심지어 받은 돈도 거의 다 그대로 있다고요. 나는 단지 거절하지 못했을 뿐입니다."

단지 나쁜 사람이 되고 싶지 않아서, 거절하는 게 힘들어서 고개를 끄덕인 것이 부패공무원이라는 오명으로 되돌아온 셈이다.

#3

대학 다닐 때 일이다. 같은 과에 여신으로 칭송받는 친구가 있었다. 길고 검은 생머리에 투명한 피부, 인기 아이돌을 연상시키는 이목구비의 소유자로 성격마저 부드럽고 조용했다. 내가 남자였어도 정신 못 차리고 쫓아다녔을 성싶었다. 그리고 역시 사람 생각은 다 거기서 거기인지, 그녀는 선배나 후배, 동기를 막론하고 수많은 남자에게 끊임없는 구애를 받았다.

문제는 그녀가 지나치게 부끄럼이 많다는 점이었다. 얼마나 부끄럼이 많은지 차마 '싫다'는 말을 못 할 정도였다. 그래서 누군 가 만나자고 하면 좋든 싫든 거절하지 못하고 고개를 끄덕였고, 선물을 주면 잠시 망설이다 결국 받아들기 일쑤였다. 이처럼 애 매한 태도를 취하다 보니 그녀를 둘러싸고 치정 싸움이 벌어지기 도 했다. 한번은 선배 하나와 젊은 교수가 그녀 때문에 주먹다짐 을 벌여서 선배는 정학, 교수는 망신살이 뻗친 일도 있었다.

그러던 어느 날 그녀에게 이미 결혼을 약속한 남자친구가 있 다는 소문이 돌았다. 심지어 부모님들끼리 이미 상견례까지 마쳤 다는 것이다. 곧 벌집을 쑤셔 놓은 듯 한바탕 난리가 났다. 안 그 래도 그녀에게 감정이 좋지 못했던 여자 동기들을 중심으로 마른 풀에 불붙듯 온갖 험담과 억측이 퍼지기 시작했다.

순진한 척, 아무것도 모르는 척 내숭을 떨더니 백여우가 따로 없다는 수군거림부터 양다리가 아니라 삼다리, 사다리까지 걸치 고 있었다는 악의적 유언비어까지 쏟아져 나왔다. 면전에서 입에 담기 힘든 욕설마저 들은 그녀는 기숙사 방에 틀어박혀 울기만 했다.

사실 그녀는 사생활이 문란하지도 않았고, 순진한 척 남자를 꼬신 적도 없었다. 다만 지나치게 내성적이고 낯가림이 심한 탓에 남자가 말을 걸기만 해도 얼굴이 빨개지고 제대로 거절하지 못했을 뿐이다. 속으로는 싫어도, 싫다는 말조차 시원스레 하지 못했다. 그렇다 보니 억지로 고개를 끄덕인 후 스스로 이렇게 위안하기 일쑤였다.

'괜찮아, 밥 한 끼 먹는 것뿐인데 뭐. 별일 아니야.'

하지만 혈기 왕성한 남자들은 전혀 그렇게 생각하지 않았다. 그녀는 별일 아니라고 치부한 밥 한 끼를 그들은 꿈꾸던 여신과의 첫 데이트라 여겼고, 그녀가 어쩔 수 없이 연애편지를 받아 들면 고백을 받아 줬다고 믿었다. 선물 공세를 펼친 후 그녀가 거절하지 않았다는 이유만으로 그녀와 자신 사이에 특별한 뭔가가 있다고 믿는 녀석은 셀 수 없이 많았다.

그렇다고 그들을 나무랄 수는 없었다. 사람들은 대개 상대가 정확히 'NO'라고 말하지 않으면 암묵적으로 동의했다고 간주하기 때문이다.

사태는 마침내 비극으로 귀결되었다. 그녀를 둘러싼 온갖 풍문을 알게 된 남자친구가 이별을 고한 것이다. 그가 보낸 편지에는 단 몇 마디만 적혀 있었다.

"사랑이 특별한 건 네가 나에게만 고개를 끄덕이기 때문이야.

만약 네가 나만이 아니라 모든 사람에게 고개를 끄덕인다면 우리의 사랑은 특별함을 잃게 돼. 그리고 특별함을 잃은 사랑은 더 이상 사랑이라 할 수 없어."

잔인하지만 옳고, 여지를 기대할 수 없을 만큼 깔끔한 이별 선언이었다. 그녀는 절망에 빠져 몇 날 며칠을 울다가 결국 자퇴하고 자취를 감췄다. 그리고 그녀를 잘 아는 소수의 몇몇만이 안타까운 한숨을 내쉬었다.

✦ ✦

모든 사람과 약속을 지키려고 하면
오히려 아무에게도 약속을 지키지 못하게 되고 만다.

#4

친척 아저씨 한 분이 사우나 사업을 시작한 기념으로 우리 가족을 비롯한 친지들을 초대했다. 호화로운 시설과 융숭한 대접에 모두 만족했는데, 몇몇 친척이 지나치게 만족한 나머지 무리한 요구를 꺼냈다. 할인 혜택과 특별선물을 받을 수 있는 VIP 카드를 발급해 달라고 한 것이다. 그가 사장이니 이 정도 요구쯤은 쉽게 들어주리라 생각했는지 다들 당당했다. 하지만 예상과 달리 아서 씨는 부드럽지만 단호하게 거절했다.

"여러분을 매년 한 차례 초대해서 이렇게 대접하는 건 어렵지 않지만 VIP 카드는 드릴 수 없습니다. 회사 규정상 VIP 카드는 일정 금액 이상 사용하신 분께만 발급하도록 되어 있어서요."

그러자 나이 많은 분들 위주로 볼멘소리가 새어 나왔다.

"아니, 자기가 사장인데 안 되는 게 어디 있어? 해 주기 싫으면 싫다고 솔직히 말하지, 무슨 회사 규정까지 들먹여. 쩨쩨하기는."

아저씨는 그 소리를 듣고도 별 대꾸 없이 웃기만 했다.

비록 당시에는 아무도 내 의견을 묻지 않았지만 나는 그가 아주 훌륭히 대처했다고 생각했다. 사업하는 사람에게 원칙이 없는 것만큼 위험한 일도 없다. 만약 사장이 인맥이며 학연, 지연 따위에 끌려 예외를 남발하고 밥 먹듯 규칙을 어긴다면 어떻게 되겠는가? 손실을 보는 것은 둘째치고 직원 기강이 해이해지고 관리가 어려워질 수밖에 없다.

몇 년 뒤, 아저씨의 사업이 번창해 확장 이전했다는 소식을 들었다. 사장부터 말단 직원까지 모두가 한마음으로 열심히 일한 결과였다. 무엇보다도 그렇게 아저씨를 흉보았던 친척들이 그때 당시의 껄끄러움을 완전히 잊었는지 입에 침이 마르게 그를 칭찬하는 모습이 제일 재미있었다.

'사람이 원칙과 법도를 칼같이 지키더니 역시 사업도 잘한다, 진즉에 성공할 줄 알았다'나 뭐라나.

이처럼 적절히 거절할 줄 아는 사람은 오히려 거절할 수 있는 권리를 얻는다.

약속을 정할 때는 선후를 분명히 하고, 감정에는 여지를 두지 말며, 스스로 정한 원칙은 누구든 쉽게 침범하도록 내버려 두지 않아야 한다.

선을 넘는 사람에게는 지체 없이 이렇게 말하자.

"아니오, 괜찮습니다. 죄송하지만 그렇게 할 수 없습니다. 사양합니다. 거절합니다."

거절해야 할 때 거절하는 것은 잘못도, 죄를 짓는 일도 아니다.

진정한 사랑을 위해서는 현명한
용기가 필요하다.
과연 누가 내게 가장 소중한 사람일까?

자신의 위치를 분명히 하는 것이다. 아니다 싶으면 상대에게 애매한 희망을 주지 말고 확실히 표현해야 한다. 그래야 더 큰 상처와 실망을 주지 않을 수 있다.

당신을 이해하는 사람이라면 적절한 거절로써 서로에 대한 존중을 확인할 수 있고, 당신을 이해하지 못하는 사람이라면 확실한 거절로써 후환을 미리 막을 수 있다.

때로는 좋은 거절이 새로운 시작이 되기도 한다.

그러니 거절을 잘하는 사람이 되도록 하자.

나를 위해 그리고 상대를 위해.

✦ ✦

자신의 인생을 자기 손에 쥐고 싶다면
스스로 분명한 기준을 세우고 거절해야 할 때
분명히 거절할 수 있어야 한다.

함부로 내 영역에
들어오지 마세요

❧

가까운 사람이 보여 주는 친밀함은 편안하지만
낯선 사람이 보여 주는 친밀함은 경계심만 자극한다.

#1

네덜란드에서 지하철을 타 본 적이 있는가? 네덜란드 지하철에서는 꼭 한 자리씩 띄어서 앉는다고 한다. 아무리 빈자리가 있어도 다른 사람 바로 옆이면 앉지 않는다고 하는데, 어쩔 수 없이 바로 옆 빈자리에 앉기라도 할라치면 원래 앉아 있던 사람이 벌떡 일어나 다른 곳으로 가 버린다고 한다. 아, 민망하기도 하지.

줄을 설 때도 마찬가지다. 줄 선 사람들끼리 최소 1미터는 간격을 유지한 채 각자 신문이나 책, 휴대전화를 들여다보거나 멍을 때리고 있단다.

그들이 이렇게 서로 거리를 두는 까닭은 그만큼 자신과 타인과의 사적인 거리, 즉 개인적 공간을 중시하기 때문이다. 네덜란드 사람들에게는 사적인 거리를 함부로 침범하지 않는 것이 기본 예의인 셈이다.

#2

한때 내가 하는 일을 무서워한 적이 있다. 싫어한 게 아니다.

글자 그대로 무·서·웠·다.

당시 나는 다양한 분야, 다양한 개성을 지닌 사람들을 만나 비즈니스 협력 가능성을 타진하는 일을 했다. 심할 때는 똑같은 카페, 똑같은 자리에 앉아 이른 오전부터 날이 어둑해질 때까지 열잔이 넘는 커피를 마시면서 잇따라 미팅을 해야 했다.

처음 만나는 사람과 반갑게 웃으며 악수하고, 명함을 교환하고, 자기 소개를 하고, 안부를 묻고, 화기애애하게 이야기를 나누고, 헤어질 때는 십년지기 친구라도 된 양 아쉬워하며 끌어안는 과정을 반복하고 반복하고, 또 반복했다.

이렇게 겉으로 아무리 친근한 척 대화를 나눠도 오로지 사업적 이익과 협력 가능 여부만 저울질하느라 상대가 어떤 생각과 가치관으로 살아가는지, 취미는 뭐고 좋아하는 노래는 무엇인지 일절 알 수 없었다. 그러니 만남이 거듭될수록 마음이 텅 비고 몸은 고단해져만 갔다.

지극히 사무적이고 냉담한 사람이 나오면 차라리 반가웠다. 스몰토크를 하느라 기운 뺄 필요 없이 일 이야기만 하면 되니까. 반대로 지나치게 친화력 좋고 열정적인 상대는 그야말로 재앙이었다. 이런 사람은 첫인사부터 다르다. 일단 엄청난 친근감을 표현하며 악수는 기본이고, 같은 성별이면 포옹도 불사했다. 간단한 통성명 이후에는 일 이야기에 앞서 관계를 쌓기 위한 신상 조사가 시작된다.

'이 일은 어떻게 시작하게 되셨어요, 마음에 드나요, 어디 사세요, 결혼은 하셨고? 아, 안 하셨구나. 그럼 연애 중?'

그러면 나 역시 텐션을 최대한으로 끌어올려 밝고 경쾌하게 묻고 답하는 수밖에 없다. 대체 내가 왜 처음 보는 사람에게 나의 연애 과정을 다 이야기하고 있어야 하는지, 불쾌감은 슬그머니 웃음 마스크 뒤로 감춰야만 한다.

가까스로 일 이야기까지 마치고 헤어질 순간이 됐을 때 상대가 이런 결정타를 날리면 그야말로 울고 싶어진다.

"자기야, 오늘 너무 즐거웠어요. 이렇게 죽이 착착 맞는 사람 만나기가 어디 쉬워? 조만간 내 친구들이랑 다 같이 차 한잔해요. 돈도 다 같이 벌면 좋잖아? 연락할게요!"

입으로는 "그럼요, 좋죠"라고 대답하지만 등에는 식은땀이 주르륵 흐르고 소름이 오싹 돋는다. 속으로는 이렇게 외치고 싶다.

'저기요, 우리 안면 튼 지 겨우 두 시간 됐거든요? 자기는 무슨 자기, 나는 아직 그렇게 불릴 마음이 없다고!'

이렇게 당황스러울 정도로 빠르게 사적 거리를 침범하는 사람들, 이들이 바로 내가 일을 무서워하게 된 결정적 원인이었다.

내가 나중에 알게 된 사실은 사적 거리를 함부로 좁혀오는 것에 대해 거부감을 느끼는 사람이 의외로 많다는 것이다.

내 친구도 그렇다고 했다. 하루는 마사지를 받으러 갔는데 하필 고객 응대가 지나치게 열정적인 사람이 담당 마사지사가 되었다. 뭉친 근육을 풀면서 편안하게 쉴 요량으로 갔는데, 끊임없이 말을 거는 마사지사 때문에 도리어 피곤하게 된 것이다.

고객이 심심할까 봐 그랬는지 아니면 자기가 심심해서 그랬는지 마사지사는 사적인 질문을 쉴 새 없이 던져 댔다.

'애인 있냐, 결혼했냐, 자식은 있냐, 몇 명이냐, 애들은 착하냐?' 워낙 성격이 좋은 친구인지라 차마 무시하지 못하고 꾸역꾸역 대답하긴 했는데 "무슨 일을 하느냐?"는 질문에는 그만 말문이 막히고 말았다.

친구와 나는 동종업계 종사자다. 글을 써서 먹고산다는 말이다. 그녀도 책을 냈고, 꽤 잘 팔렸다. 하지만 아직 작가라는 호칭에 익숙하지 않아서 자기 입으로 스스로를 '작가'라고 소개한 적은 없다고 했다. 남들이 '작가님'이라고 부르는 것도 괜히 치켜세우는 것 같아 몸 둘 바를 모르겠다는데 오죽하겠는가. 결국 친구는 머뭇거리다 "그냥 뭣 좀 쓴다."고 대답했다.

"뭘 쓰시는데요? 소설? 시나리오? 에세이? 아니면 진짜 글씨를 쓰시나? 캘리그래피 같은 거 있잖아요."

난처해진 친구는 간신히 목소리를 쥐어 짜냈다.

"…마사지에만 신경 써 주세요."
"하지만 손님이 뭐 하시는 분인지 아직 모르는걸요."

거기까지가 한계였다. 결국 불쾌해진 친구는 참지 못하고 쏘
아붙였다.

"제가 선생님이 뭐 하시는 분인지만 알면 되지 않나요?"
"전 그저 좀 친해지려고 그런 것뿐이에요."
"제 사생활이 아니라 제 몸하고 친해지셔야죠. 선생님은 마사
지만 잘해 주시면 돼요."

친구는 딱 잘라 말했고, 마침내 고요한 침묵 속에 나머지 시간
을 보낼 수 있었다.

아무리 넓은 세상이라도 구석진 데가 있기 마련이고,
아무리 열린 사람이라도 사생활이 있기 마련이다.

때로는 친분을 쌓는다는 명분으로 무심코 상대의 사적 영역을 침범하고 있지 않은지 반성해 볼 일이다.

#3

낯선 사람이 제멋대로 사적 거리를 좁혀 오는 것은 분명히 유쾌하지 않은 경험이다. 그런데 이런 상황을 매 순간 견뎌야 하는 사람이 있다. 바로 유명인이다. 그중에도 특히 수많은 팬을 거느린 아이돌은 '사생팬'이라고 불리는 극성팬 때문에 늘 엄청난 스트레스를 받는다.

얼마 전에도 한 극성팬이 자신이 좋아하는 아이돌의 숙소에 몰래 침입했다가 경찰에 넘겨진 사건이 터졌는데, 마침 친분이 있는 연예인과 이야기를 하다 이 사건이 화제에 올라서 자세한 이야기를 나누게 되었다.

몇 년간 인기를 누리며 얼굴이 꽤 알려진 그 역시 그 정도까지는 아니지만 당황스러운 상황을 자주 겪는다고 했다.

지방에 공연을 가다가 들른 휴게소에서 그를 알아본 사람들이 화장실 안까지 따라 들어오는 바람에 옴짝달싹 못 하기도 하고, 카페에서 커피를 마시는데 일면식도 없는 여자가 느닷없이 달려들어 온몸을 주물럭대는 등, 그가 열거한 해프닝은 일반인이라면 상상도 못 할 만큼 비상식적이고 무례했다. 그런 게 유명세 아니겠냐며 궁색한 위로를 건네자 그는 고개를 끄덕이면서 말했다.

"알아요. 나를 좋아해 주는 건 고맙죠. 정말 고마운 일이에요. 그런데 생각해 보세요. 그들에게 나는 '아는 사람'이에요. 내 생일, 출생지, 혈액형, 심지어 내가 어떤 음식을 좋아하고, 뭘 싫어하는지 다 알죠. 그래서 우연히 나를 보면 오랜만에 만난 친구처럼 반가움을 표현해요. 스스럼없이 다가와서 손을 덥석 잡기도 하고 무작정 끌어안기도 하고….

하지만 내 입장에서 그들은 완전한 타인이에요. 일면식조차 없는, 철저히 낯선 사람이요. 그들의 인생에 대해 아무것도 모르고 어떤 사람인지도, 심지어 이름조차 모르죠. 그런데도 친한 사이처럼 마주 웃으며 악수하고 포옹하고 함께 사진 찍고 사인을 해 줘야 해요.

솔직히 낯선 사람이 친한 척 다가오는 걸 좋아하는 사람이 어디 있겠어요? 나름 공인으로서 감수해야 할 부분인 건 알지만 좀처럼 익숙해지지 않더라고요. 여전히 껄끄럽고 거북하고…."

그는 잠시 침묵하다 덧붙였다.

"두 사람 사이의 거리는 한쪽이 일방적으로 정하는 게 아니라 쌍방이 합의해서 정할 문제 아닌가요? 팬들의 무조건적 사랑이 고맙고 때로 감동적인 것도 사실이지만 함부로 다가오는 사람들에게는 아직도 거부감이 느껴져요."

당연하다. 본능이니까. 아무리 공인의 의무를 떠올리고 팬들의 사랑을 되새겨도 본능적 거부감을 지우기란 어렵다.

#4

어느 모임에 나갔을 때의 일이다. 안면은 있지만 친하다고 할 수는 없는 여성 여럿이 모인 자리였는데, 그중 한 사람이 바르고 온 립스틱이 좌중의 관심을 끌었다. 여러 사람이 칭찬하자 그녀는 약간 쑥스러워하며 유명 브랜드의 한정판인데 지금은 웃돈 주고 구하려고 해도 구할 수 없다고 말했다. 그러자 너도나도 보고 싶다 했고 거절하기 무안했던 그녀는 어쩔 수 없이 립스틱을 꺼내 놓았다.

처음 립스틱을 건네받은 사람은 어느 면으로 보나 평범한 친구였다. 그러나 그녀가 보여 준 배려는 평범하지 않았다. 먼저 소독 티슈를 꺼내 손을 꼼꼼히 닦은 뒤 손가락 끝에 립스틱을 살살

선을 넘지 않아야 한다.
위안을 받는 품위 있는 관계는
서로 선을 지킬 때 이루어지고
오래 유지된다.

묻혀서 입술에 바른 것이다. 그러자 다른 사람들도 그녀처럼 조심스레 립스틱을 다뤘다. 덕분에 립스틱은 거의 원 상태 그대로 주인의 손에 돌아왔다.

나는 남몰래 감탄했다. 얼마나 교양 있는 행동인가. 립스틱은 대개 입술에 직접 바르기 때문에 친한 사이가 아니고서는 빌려주기 껄끄러운, 상당히 개인적인 물건이다. 만약 첫 번째로 립스틱을 받은 친구가 무신경하게 입술에 직접 대고 발랐다면 주인은 내심 불쾌했을 것이다. 다행히 친구의 사려 깊은 행동 덕에 아무도 기분 상하지 않고 화기애애한 분위기를 지킬 수 있었다.

스스로 교양 있는 사람이라 자부한다면 타인의 사생활을 존중하고 사적인 거리를 지키며 합리적이고 상식적으로 행동할 줄 알아야 한다.

예를 들어 다른 사람의 집에 손님으로 초대받았을 때 거실 외의 공간에는 함부로 들어가지 않는 것이 원칙이다. 화장실을 쓸때도 먼저 주인에게 묻고, 침실은 고개조차 들이밀지 말아야 한다. 제멋대로 냉장고를 열어 보거나 찬장이며 서랍, 옷장을 들춰보는 행동 역시 절대 금물이다. 서로 친한 사이, 심지어 가족이라고 해도 서로 생활공간이 다르다면 반드시 지켜야 할 예의다.

마찬가지로 연애나 결혼 여부, 연봉 상황, 집안 형편 등 개인사에 관한 관심은 될 수 있으면 꺼두는 편이 좋다. 아무리 친근감의 표현이라 해도 갑자기 머리를 쓰다듬거나 어깨에 팔을 두르거나 팔짱을 끼거나 끌어안는 등의 신체 접촉 역시 매우 큰 실례이니 자제해야 한다. 상대에 따라 끔찍하게 불쾌한 기억으로 남을 수 있다.

✦ ✦

'친화력이 좋다'는 것은 장점이지만
절대적 무기는 아니다.
친화력이라는 무기가 빛을 발하는 순간은
내가 생각하는 거리와 상대가 생각하는
거리가 일치할 때뿐이다.

그렇지 않은 상태에서 함부로 친화력을 발휘하면 상대는 불편함과 당혹감을 느낀다. 그리고 진짜 사교술이 뛰어난 사람은 상대에게 절대 불편함과 당혹감을 주지 않는다.

친밀한 사람이 보여 주는 친밀함은 편안하다.
그러나 낯선 사람이 보여 주는 친밀함은 경계심을 자극한다.

그러니 낯선 이여, 부디 한 걸음 물러나 주길.
아직 우리에게는 사적 거리 두기가 필요하다.

나는 당신의 감정 쓰레기통이 아니다

❧

세상의 그 어떤 사람도
남의 감정 쓰레기를 뒤집어쓰고
아무 불쾌함 없이 허허 웃을 수는 없다.

#1

사만다는 국내 정상급 비즈니스 의전 교육센터의 원장이다. 단정하고 우아한 외모에 친절하고 부드러운 말투, 어떤 상황에서도 실례를 범하지 않는 분별력과 인내력, 언제나 침착하고 흐트러짐 없는 태도의 소유자인 그녀를 보면 과연 저런 사람도 화를 낼 때가 있을까 궁금해질 정도다.

한번은 그녀와 함께 어느 기관이 주최한 모임에 참석한 적이 있다. 마침 같은 테이블에 앉게 된 우리는 자연스레 그녀의 의전 교육과정에 관해 이야기를 나누게 되었고, 주변 사람들도 흥미를 보였다. 그런데 한 남성이 갑자기 끼어들더니 수강료가 얼마냐고 물었다. 그녀가 대략 어느 정도라고 답하자 그는 휘파람을 불며 이죽거렸다.

"후유, 날강도도 아니고 겨우 인사하는 법 가르치면서 정말 엄청나게도 받아 드시네요?"

제 딴에는 유머러스하다고 내뱉은 말인지 모르겠지만 그 말에 웃은 사람은 단 한 명도 없었다. 말투며 태도며 어쩜 그렇게 무식하고 예의가 없는지! 사만다가 자기 일을 얼마나 사랑하고 얼마나 열정이 큰지 아는 나로서는 그의 말이 사만다 개인을 향한 인신공격으로 느껴질 정도였다. 주변 사람들도 비슷한 생각이었는지 다들 사만다의 눈치를 살폈다.

하지만 사만다는 놀라우리만치 의연한 얼굴로 빙긋 웃으며 이렇게 대꾸했다.

"그렇죠? 하는 일에 비해 많이 받는 것 같긴 해요. 반성해야겠어요."

남자가 다른 테이블로 옮겨간 뒤, 나는 찬물을 들이켜며 사만다에게 말했다.

"진짜 훌륭하세요, 저런 심한 말을 농담으로 받아넘기다니…. 어지간한 사람은 상상도 못 할 거예요. 그런데 정말 화나지 않으세요?"

사만다는 아무런 대답을 하지 않았지만 잠시 후 무심코 그녀를 본 나는 소스라치게 놀라고 말았다. 그녀의 얼굴이 무시무시하게 일그러져 있었기 때문이다. 눈 주변은 벌겋고 입술은 꾹 다문 채 뒤틀려 있었으며 미간은 잔뜩 찌푸려져 있었다. 평소의 온

화한 모습은 온데간데없었다.

황급히 괜찮냐고 묻자 그녀는 낮지만 분명한, 분노가 느껴지는 목소리로 말했다.

"화가 안 나긴요, 화가 머리 끝까지 나요! 너무너무 화가 나서 미쳐 버릴 것 같아요! 뭐 저런 덜떨어진 인간이 다 있지?"

#2

친구의 집에 초대받아 갔을 때의 일이다. 친구는 여덟 살짜리 아들을 키우고 있는데, 이 녀석이 어찌나 짓궂고 장난꾸러기인지 혼을 빼놓을 정도였다. 갑자기 달려들어 물뿌리개로 물을 뿌리지를 않나, 강아지 꼬리를 잡아당겨 비명을 지르게 하지 않나, 심지어 비싼 도자기까지 깨뜨렸다.

하지만 친구는 아들이 사고를 칠 때마다 조용히 불러서 온화하지만 단호한 태도로 무엇을 잘못했는지, 앞으로는 어떻게 해야 하는지 일러 줄 뿐 조금도 화를 내지 않았다. 아이가 진짜 이해하고 '알겠다'라고 대답할 때까지 그 과정을 몇 번이나 반복했다. 나는 감탄을 금하지 못했다.

"너 정말 잘 참는다. 원래 이런 성격이었어?"

그녀는 한숨을 푹 쉬었다.

"아니, 아들한테만 이래. 나 성격 더러운 거 알잖아. 평소 회사에서는 누가 나한테 목소리만 조금 높여도 바로 쏘아붙이는걸. 후배고 동료고 상사고 안 가려. 오죽하면 내 별명이 쌈닭이겠냐."

"설마. 아들한테 하는 걸 보면 전혀 안 그럴 것 같은데."

"괜히 이렇게 된 게 아니야. 내 남편도 성격이 나쁘거든? 회사에 불만도 많아. 퇴근하면 족히 30분은 그날 있었던 일을 얘기하면서 울분을 토한다니까. 그럼 난 또 그걸 다 참고 들어줘. 들어주기만 해? 어르고 달래고 위로하고 다 해. 어쩔 수 없어. 내가 '대나무 숲'이 되어서 답답한 속을 풀어 줘야지, 그렇지 않으면 남편은 매일 화만 낼 거야. 대체 애가 뭘 보고 배우겠어? 그야말로 난장판이 될 게 분명해. 난 절대 좋은 엄마, 현명한 아내가 아니야. 우리 가족을 위해 그렇게 보이려고 애쓰는 것뿐이지."

마지막으로 그녀는 씁쓸하게 웃으며 한마디 덧붙였다.

"직장이야 다시 구하면 되지만 가족은 한 번 깨지면 끝이잖아."

얼마 전, 심각한 지진 피해를 겪은 이재민의 심리치료를 해 온 정신과 의사를 인터뷰했다. 그는 몇 달간 피해 지역에 머물며 심리상담을 했을 뿐만 아니라 구호 작업도 도왔다. 내가 인터뷰를 한 시기는 그가 피해 지역에서 돌아온 직후였다. 인터뷰 전에 미리 그가 이재민과 상담하는 장면이 방송된 것을 찾아보았는데, 시종일관 부드러운 미소를 띤 채 온화하고 이해심 넘치는 눈빛으로 트라우마를 입은 사람들의 마음을 어루만져 주는 모습이 그야말로 천사가 따로 없었다.

그런데 직접 만난 그는 전혀 달랐다. 침착한 표정은 화면에서 보던 그대로였지만, 가라앉은 눈빛과 경직된 입매로 인터뷰 내내 단답형으로 일관하는 모습은 꼭 골이 잔뜩 난 사람 같았다. 결국 나는 준비한 질문을 잠시 미루고 조심스레 물었다.

"많이 지치신 것 같으세요. 그곳에서의 일이 많이 힘드셨나요?"

그는 흠칫 놀라더니 억지로 미소 지으며 말했다.

"그랬나 봅니다."

"혹시 제가 드린 질문 중에 부적절한 게 있었나요? 기분이 안 좋아 보이세요."

그가 황급히 손사래를 쳤다.

"아뇨, 질문은 아무 문제 없었습니다."

나는 정면 돌파하기로 했다.

"실례되는 말씀일 수도 있는데 환자 상담하실 때랑 너무 다르셔서 좀 놀랐어요."

그의 눈가가 조금 부드러워졌다.

"솔직히 말하면 돌아온 이후로 내내 이 상태예요. 사실 정신과 의사라고 다른 사람보다 부정적인 감정을 덜 느끼는 건 아닙니다. 하지만 직업윤리 때문에 그런 감정을 감추는 면은 있지요. 몇 달 동안 수많은 피와 죽음을 보고, 절망에 찬 울음소리를 들었는데 멀쩡할 리가 있겠어요. 저도 사람인데요. 하지만 상담할 때는 의연하게 절대 화내지 않고 전혀 힘들어하지 않는 완벽한 경청자, 이해하는 사람의 역할을 해야 해요. 의사는 환자에게 반드시 괜찮아질 것이라는 확신과 희망, 힘을 줘야 하기 때문이죠. 솔직히 말하자면 전 줄곧 그런 의사인 척 연기한 셈입니다."

그는 길게 한숨을 내쉬었다.

"그러고 보니 예전에 본 글이 제 직업을 잘 설명해 주는 것 같네요."

✦ ✦

'진짜 공감할 줄 아는 사람은 없다,
다만 죽어라 버티는 사람만 있을 뿐.'

그렇다. 어쩌면 타인의 감정에 진심으로 공감하는 사람이란 없을지도 모른다. 다만 누군가는 뛰어나게 연기를 잘하고, 누군가는 그마저도 꾸며내지 못하는 것일 뿐.

언제나 너그럽고 친절하게 당신의 하소연을 들어주는 그 사람도 알고 보면 한숨을 삼키며 애쓰고 버티고 있는지, 누가 알겠는가.

어쩌면 눈앞의 미소는 단순히 무의식적인 반응일지도 모른다.
따스한 말은 예의 바른 위장술에 불과할 수도 있다.
한밤중에 싫은 내색 없이 몇 시간씩 푸념을 들어주는 이유도,
단지 예전에 당신이 자신의 전화를 잘 받아 준 게 고마워서
그 보답을 하는 것인지도 모른다.

✦ ✦

세상 그 어떤 사람도 남의 감정 쓰레기를 덮어쓰고
아무런 불쾌함 없이 허허 웃을 수는 없다.
누군가에게 훌륭한 인격자라는 덫을 씌우고
그렇게 해 주기를 바란다면,
친구가 아니라 감정 쓰레기통이 필요한 것이다.

늘 다정하고 배려와 포용력이 넘치며 내 말을 언제나 기꺼이
들어 주는 (혹은 것처럼 보이는) 친구가 있는가?
그렇다면 당신은 행운아다.
부당한 대우를 받지 않는 한 그 친구는 계속 그런 친구로 남을

것이다.

　사람은 '공감을 잘한다'는 말을 칭찬으로 받아들이며, 칭찬받는 행동을 계속 유지하고자 하는 기묘한 관성에 쉽게 사로잡히기 때문이다. 그래서 친밀한 관계 유지를 위해, 사업상 협력을 위해, 체면을 지키기 위해, 심지어 단순히 화목한 분위기를 위해 훌륭한 인격자의 가면을 계속 쓰고 있을 수 있다.

　하지만 비록 가면이라고 해도 그런 모습을 계속 유지하려 노력하는 것만으로도 이들은 충분히 선하다.

　그러니 주변에 이런 사람이 있다면 무리하게 바라지 말고
　그저 그들의 존재에 만족하고 감사해야 한다.
　그들이 보여 주는 인내와 다정함은 귀한 것이며,
　그들의 성실한 배려는 존중받을 만하다.

　설령 정말 그런 것이 아니라 그런 척하는 것이라고 해도 말이다.

인생은
아름다워

※

그녀는 꽃과 함께 나타나 향기를 남기고 사라졌다.
따스한 어둠 속으로, 다정한 인사를 남긴 채.

#1

버스에 오르고 나서야 지갑에 고액권의 지폐밖에 없는 것을 알았다. 지폐를 꺼내 들고 어째야 하나 우물쭈물하다 그만 뒤따라 탄 사람들에게 떠밀려 속수무책 기사 앞으로 돌진했다. 기사와 눈이 마주치고, 우락부락한 인상에 찔끔 놀라 어떻게든 내리려고 문 쪽으로 향하던 그때, 버스 기사가 주머니에서 동전을 꺼내어 요금함에 넣었다. '땡그랑, 땡그랑' 입으로 소리까지 내면서.

그리고 아무 일도 없었다는 듯 문을 닫고 버스를 출발시켰다.

#2

단골 정육점에서 소고기를 사서 나오는데 뒤에서 사장님이 부르더니 무 하나를 내밀었다.

"이거 가져가서 소고기 넣고 뭇국 끓여 드세요. 가을무라 달아요."

깨끗이 손질된 무는 감탄이 나올 만큼 뽀얗고 예뻤다. 고맙다며 받아 들자 사장님은 눈웃음을 지으며 말했다.

"어때요, 꼭 토끼같이 하얗고 예쁘지 않아요?"

#3

공원에서 산책하다 좀 쉬었다 가려고 벤치로 향하는데, 갑자기 한 남자아이가 후다닥 옆을 스쳐 달려가더니 내가 목표로 삼은 바로 그 벤치를 점령하며 소리쳤다.

"엄마, 여기 앉으세요!"

아이의 엄마는 배가 잔뜩 부른 임산부였다. 기껏해야 두 사람이 앉으면 꽉 찰 벤치에 자기 엄마를 호위하듯 모셔다 앉히는 모습을 보며 내 자리는 없겠군, 생각하고 다른 곳으로 발길을 옮기려는데 아이가 갑자기 큰 소리로 나를 불렀다.

"저기요!"

돌아보니 아이가 엄마 옆자리를 툭툭 털며 나를 향해 손을 흔들었다.

"여기 앉으세요. '레이디 퍼스트'잖아요!"

#4

남자아이에 관한 재미난 기억 하나 더.

지하철을 타고 가는데 어느 역에서 스님이 탔다. 회색 승복을 입고 파르라니 머리를 깎은, 평온한 얼굴의 스님이었다. 부처님도 아니고 스님이 지하철 탄 게 신기할 일은 아니니 다들 별 관심을 보이지 않았는데 엄마 손을 잡고 서 있던 남자아이는 그렇지 않았나 보다. 이제 겨우 예닐곱 살 정도 된 아이가 의젓하게 합장하더니 스님을 향해 허리 숙여 인사한 것이다. 아이의 깜찍한 행동에 사람들은 소리 없이 미소를 지었다. 스님 역시 부드러운 미소와 함께 손을 모으고 아이에게 말했다.

"나무아미타불."

그러자 아이가 사뭇 진지하게 화답했다.

"아아멘."

어이쿠! 그게 합장이 아니라 기도였나.

#5

포르투갈의 어느 도시, 이름 없는 광장 한편에 남루한 행색의
부랑자가 어깨를 옹송그리고 벽에 기대어 있었다. 얼핏 보아도
여러 날을 굶은 듯했다. 그를 딱하게 여긴 행인이 빵 한 덩어리를
건넸고, 그는 눈을 반짝이며 얼른 그것을 받아 들었다.

허겁지겁 먹어 치우리라는 예상과 달리 그는 빵을 들고 잠시
망설였다. 그러더니 곧 빵을 둘로 갈라 한쪽은 입에 욱여넣고 다
른 한쪽은 손으로 잘게 뜯어 광장 바닥에 흩뿌렸다. 얼마 지나지
않아 사방에서 비둘기가 날아왔다.

그는 계속해서 빵을 떼어 던졌다. 이윽고 비둘기 떼가 그를 둘
러쌌다. 비둘기들은 그의 머리, 어깨와 팔뚝 위에 앉았다. 새하얀
깃털이 그의 이마, 어깨에 떨어지며 나풀나풀 날렸다. 그는 움츠
리지도 피하지도 않았다.

그리고 그 도시에서 가장 멋진 풍경이 되었다.

#6

기차에서 나이 지긋한 할머니와 나란히 앉은 적이 있다. 백발이 성성하고 얼굴에 주름이 가득한 그녀는 고단했는지 창가에 머리를 기대고 꾸벅꾸벅 졸고 있었다. 그 바람에 머리칼이 부스스하니 헝클어졌다.

종착역에 가까워질 무렵, 나는 할머니를 살짝 흔들어 깨웠다. 그녀는 힘겹게 눈꺼풀을 들어 올린 후에도 한동안 멍하니 있었다. 그러다 차창에 자신을 비춰 보고는 '아' 하고 작게 소리를 냈다. 그녀의 얼굴에 부끄러움이 떠올랐다. 뺨을 발그레 붉힌 모습이 꼭 수줍은 소녀 같았다.

그녀는 내게 조심스레 말을 걸었다.

"저기, 아가씨. 미안한데…, 금방 역에 도착할 텐데 내가 손이 떨려서 머리카락을 제대로 빗을 수가 없네요. 좀 도와줄 수 있을까요? 부탁해요."

나는 선선히 고개를 끄덕이고 그녀가 건네주는 빗을 받아 들며 물었다.

"할머니, 어떻게 빗어 드릴까요?"

그녀의 주름진 뺨이 붉게 물들었다.

"혹시 땋아서 둥글게 말아줄 수 있어요? 부탁하는 처지에… 미안해요."
"아니에요, 해 드릴게요."

나는 할머니의 길고 흰 머리칼을 싹싹 빗어 내리고 쫑쫑 땋은 뒤 둥글게 말아 고정했다. 다행히 손재주가 있는 편이라 오래 걸리지 않았다.

할머니는 작은 손거울을 꺼내 이리저리 비춰 보더니 기쁜 듯 웃었다.

"아가씨, 손이 정말 야무지네요. 머리가 참 예쁘게 됐어요. 고마워요."

이윽고 종착역에 도착했다. 기차에서 내려서 짐을 들고 허리를 펴는데 저만치에 할머니가 총총 뛰어가는 모습이 보였다. 그녀가 향하는 곳에는 그녀와 똑같은 백발의 할아버지가 서 있었다.

할머니가 가까이 가자 할아버지는 손을 뻗어 할머니의 머리를 쓰다듬었다. 소년이 좋아하는 소녀에게 하듯, 꼭 그렇게 했다. 그런 뒤 할머니의 귓가에 무어라고 속삭였다.

할머니의 얼굴에 찬란한 미소가 떠올랐다. 비록 듣지 못했지만 무슨 말이었는지 충분히 짐작할 수 있을 만큼 밝고 달콤한 미소였다. 할머니는 할아버지의 어깨를 가볍게 토닥였다. 그 모습이 더없이 행복해 보였다. 둥글게 말아 올린 땋은 머리가 노을빛을 받아 아름답게 빛났다.

#7

그해 늦가을, 나는 차가운 저녁 바람을 피해 스페인 톨레도의 한 식당에 들어섰다.

식당의 분위기는 침울했다. 카운터에는 술주정뱅이가 엎드려 알 수 없는 말을 주절거렸고, 작은 무대 위의 밴드는 느린 곡조의 곡을 무기력하게 연주했으며, 가수는 그 위에 노래인지 한탄인지 알 수 없는 소리를 흥얼거렸다.

몇 개 되지 않는 테이블 중 구석진 곳에는 혼자인 집시여인이, 건너편 테이블에는 남녀 한 쌍이 앉아 있었다. 집시여인은 누군가와 통화하며 흐느끼는 중이었고, 연인인지 부부인지 알 수 없는 남녀는 서로를 외면한 채 앞에 놓인 음식만 뒤적였다. 그들 중 누구 하나가 당장 울음을 터뜨리거나 화를 내도 이상하지 않을 분위기였다.

하지만 다시 추운 거리로 나가기에는 너무 지치고 배가 고팠다. 나는 아무 테이블이나 골라 앉았다. 엉덩이를 걸치자 의자가 비명처럼 삐걱거렸다. 다른 것으로 바꿀까, 잠시 생각했지만 상태가 더 나아 보이는 의자도 없었다. 어쩔 수 없이 최대한 조심스럽게 앉아 음식을 주문했다.

한참 뒤에야 웨이터가 약간 식은 듯한 스테이크를 내 앞에 던지듯 내려놓았다. 고기는 질겼고 소스는 후추 향이 너무 강했다. 나는 억지로 몇 입 욱여넣다 결국 포크와 나이프를 내려놓고 길게 한숨을 내쉬었다.

어둠이 내려앉은 창밖을 보니 언제부터인가 부슬부슬 비가 내리고 있었다. 끊어질 듯 끊어질 듯 이어지는 빗소리에 기분이 한층 무겁게 가라앉았다.

그 순간, 갑자기 식당 문이 활짝 열리더니 꽃바구니를 든 소녀가 걸어 들어왔다. 바구니에는 작은 꽃다발 몇 개와 비에 젖은 난꽃이 가득 담겨 있었다. 비를 맞았는지 소녀의 어깨는 젖어 있고, 앞이마에 머리카락이 어지럽게 들러붙어 있었다. 소녀는 놀란 듯 동그란 눈을 커다랗게 뜨고 식당 안에 있는 우리를 스윽 둘러보았다.

그리곤 분위기를 전환하듯 소녀는 환하게 미소 지었다. 천진하고 명랑한 미소였다. 구름 사이로 눈 부신 햇살이 비치는 것만 같았다. 소녀는 그렇게 미소 띤 얼굴로 제일 먼저 한 쌍의 남녀에게 다가가 꽃을 내밀었다.

"세뇨르, 아름다운 연인께 꽃을 선물하시면 어때요?"

깊게 주름이 잡힌 남자의 미간이 천천히 풀어졌다. 그는 망설였지만, 곧 지갑을 꺼내 돈을 건네고 소녀가 내민 꽃을 받아 들었다. 그리고 여자에게 꽃을 주며 어색하게 웃어 보였다. 여자도 한결 부드러워진 표정으로 꽃을 받아 들더니 귀 옆에 꽂고 빙그레 웃었다.

다음으로 소녀가 내게 다가왔다.

"세뇨리타, 꽃 한 송이 사세요."

나 역시 소녀에게서 꽃을 샀다. 그리고 용기 내어 집시여인에게 다가갔다. 그녀는 더 이상 전화기를 붙들고 있지 않았지만 여전히 소리 없이 눈물을 흘리고 있었다. 놀란 듯 나를 올려다본 그녀 앞에 꽃을 내려놓았다. 그리고 내 목소리가 최대한 따뜻하게 들리기를 바라며 말했다.

"더는 울 일이 없었으면 좋겠어요."

집시여인은 나를 잠시 바라보다가 꽃을 들어 향기를 맡았다. 그녀의 눈빛에 감사와 약간의 미소가 담겨 있었다고 하면 내 착각일까. 잠시 후 그녀는 눈물 자국을 힘껏 문질러 닦고, 벌떡 일어나 무대로 향했다.

그녀는 내가 준 꽃을 가수에게 내밀며 무어라고 몇 마디 했다. 가수는 당황한 듯 보였지만 곧 허리를 곧추세우고 고개를 크게 끄덕였다. 그가 꽃에 키스하고 어깨 너머로 던지자 뒤에 있던 드러머가 허둥지둥 그것을 받아 들었다. 그들 사이에 잠시 웃음이 일었다.

곧 음악이 바뀌었다. 밝고 경쾌한 곡이었다. 집시여인은 가벼운 몸놀림으로 훌쩍 무대로 뛰어올라 멋진 스텝을 밟기 시작했다. 치맛단이 꽃잎처럼 아름답게 휘날렸다. 방금까지 그녀를 울게 만들었던 전화기는 테이블 위에 쓸쓸히 놓인 채 완전히 잊혀

졌다.

금방이라도 화를 낼 것처럼 보였던 남녀는 언제 그랬냐는 듯 발을 구르고 손뼉을 치며 장단을 맞췄디. 가운터에 엎드려 있던 술주정뱅이는 음악 소리에 깜짝 놀라 일어나더니 눈을 비비고 곧 무대 위 집시여인을 향해 휘파람을 불었다. 웨이터는 웃으며 그에게 뜨거운 홍차를 따라 주었다.

음악 소리는 길 가던 사람들까지 식당으로 끌어들였다. 작은 식당 안은 곧 사람들과 노랫소리, 갈채 소리로 가득 찼다. 다들 저마다 웃고 떠들며 음악과 분위기를 즐겼고, 신이 난 주인은 서비스로 샴페인을 돌렸다. 식당 뒤편 주방에서 흘러나오는 뜨거운 훈기와 맛있는 냄새가 순식간에 모두의 식욕을 돋웠다. 하지만 음식을 맛보려면 좀 기다려야 할 것 같았다. 주방장이 흥을 이기지 못하고 뛰쳐 나와 웅장한 스페인 노래를 열창했기 때문이다.

다들 입을 모아 노래하고,
손뼉 치고,
춤추고,
큰 소리로 웃고,
잔을 부딪치고, 끌어안고, 키스했다.

어느새 비가 그쳤다. 나는 웃으며 사람들을 구경하다 무심코 입구 쪽을 바라봤다. 꽃 파는 소녀가 그곳에 우두커니 서 있었다. 바구니에 남은 것은 하얀 꽃 한 송이뿐이었다. 그녀는 꽃을 꺼내 자신의 머리칼에 꽂았다. 그리고 그 순간 우리의 눈이 마주쳤다.

소녀는 나를 향해 고요히 미소 지으며 입술을 달싹였다.

주변의 시끄러운 소리에 묻혀 듣지는 못했지만

나는 그녀가 한 말을 분명히 알 수 있었다.

✦ ✦

부에나스 노체스.

좋은 밤 되세요.

그 밤은 내가 처음으로 천사를 본 밤이었다.

그녀는 꽃과 함께 나타나 향기를 남기고 사라졌다.

따스한 어둠 속으로, 다정한 인사를 남긴 채.

이처럼 취해 버릴 듯 아름다운 밤에 무슨 말을 하겠는가?

부에나스 노체스.

모두들, 좋은 밤 되기를.

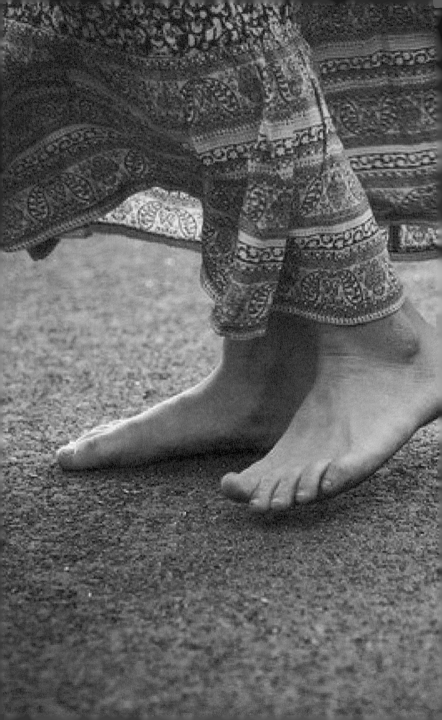

사랑이 보일 때 인생은 빛난다.
나는 때때로 빛나고 있는가?

발아래 진창 때문에 걷기 힘들어도,
그 덕에 늪으로 미끄러지지 않을 수 있음을,
어둠이 잠시 눈 앞을 가린다 해도,
그 덕에 희미한 빛을 발견할 수 있음을,
낭떠러지 끝에서 손을 놓아 버린 사람이,
어디선가 밧줄을 찾아들고 나타나 나를 구해 줄 것임을,
우리는 믿을 수 있게 되었다.

진심으로 대하기

더
많이

주고 싶은 사람

❧

사람은 누구나 자신이 흘린 땀과
눈물의 대가를 받을 권리가 있으며,
저마다 마음에 정한 합리적인 값이 있다.
그만큼 줄 수 있으면 주고 못 주겠다면 갈라서면 그만이다.
그러나 때로는 그 이상을,
기쁜 마음으로 더 주고 싶은 사람들이 있다.

#1

한동안 휴양지로 유명한 바닷가 마을에 머물며 글을 썼다. 마침 마음에 드는 카페를 발견해서 매일 그곳으로 출근하다시피 했는데 걸어가기에는 좀 먼 거리라 삼륜 택시(동남아시아의 대중교통_옮긴이)를 자주 이용했다. 요금은 최하 1,500원 정도. 주변의 멋진 풍광을 만끽하며 내가 원하는 곳까지 빠르게 갈 수 있다는 점을 고려한다면 저렴한 가격이었다.

물론 정가제가 아니라 흥정으로 정해지는 탓에 매일 만나는 기사마다 부르는 요금이 조금씩 달랐다. 누구는 1,600원, 누구는 1,700원, 독특하게 1,550원을 달라는 기사도 있었는데 내가 음료수를 사고 거슬러 받은 50원짜리를 보고 1,550원을 부른 것이다. 괜히 무겁게 동전 많이 들고 다니지 말고 고생하는 자기한테 팁으로 달라나, 뭐라나.

나는 엄청난 바가지만 씌우지 않으면 기사가 달라는 대로 주는 편이었다. 물론 그보다 더 많이 주지도 않았다. 딱 기사가 요구한 만큼만 지불했다. 찌는 듯한 더위에 땀을 뻘뻘 흘리며 고생하는 사람 붙잡고 더 주네, 덜 주네 흥정하는 것도 그렇고, 연배가 꽤 많은 기사분도 많은데 악착같이 깎기가 좀 민망스럽기도 하기 때문이다. 또한 그래봤자 조금 더 내는 셈인데 그런다고 내 살림이 휘청이는 것도 아니었으니.

사는 일은 누구에게나 고달픈 법이다.

크리스마스인 그날에도 삼륜 택시를 탔다. 얼굴이 동글동글한 기사는 목적지를 듣자마자 시원스레 말했다.

"1,500원! 1,500원이면 충분히 갑니다."

나는 별말 없이 택시에 올랐다. 그리고 카페에 도착해서 내릴 때 2천 원을 내밀며 말했다.

"감사합니다. 거스름돈은 안 주셔도 돼요. 메리 크리스마스!"

그의 눈에 놀라움과 기쁨이 섞인 미소가 떠올랐다.

"고맙습니다, 고맙습니다!"

사람은 누구나 자신이 흘린 땀과 눈물의 대가를 받을 권리가 있으며, 저마다 마음에 정한 합리적인 값이 있다. 그만큼 줄 수 있으면 주고 못 주겠다면 갈라서면 그만이다.

✦ ✦

때로는 그보다 더 주고 싶은 사람들이 있다.

그것도 기쁜 마음으로.

왜 그런 것일까?

그들을 인정해서?

응원하는 차원에서?

아니, 진심을 받았기 때문이다.

상대가 보여 준 진심에 진심으로 응답하고 싶은 것뿐이다.

#2

단골 꽃집의 청년에게 들은 이야기도 비슷한 맥락이었다.

그가 일을 막 시작했을 때는 업계 사정을 잘 몰라서 매일같이 화훼시장에 갔다고 한다. 도매상에서 물건을 보며 사장들과 이야기를 나누다 보면 여러 가지를 배울 수 있었기 때문이다. 그런데 그중에 특이한 여사장이 있었다. 물건 파는 데는 도통 관심이 없는 사람처럼 보였기 때문이다. 어느 날은 청년이 알로카시아를 들여다보고 있자 후다닥 달려와 속사포처럼 질문을 쏟아 냈다.

"개 키워요? 고양이는요? 집 안에 제멋대로 돌아다니게 두는 반려동물 있어요? 만약 그렇다면 알로카시아는 들이지 않는 게 좋아요. 잎에 독성이 있어서 동물이 뜯어먹기라도 하면 큰일 나거든요. 눈에 들어가면 실명까지 될 수도 있다고요."

이번에는 난초를 보여 달라고 했다. 그러자 쌍수를 들고 말렸다.

"안 돼요, 안 돼. 요즘 난초 값에 거품이 얼마나 많이 꼈는데! 급한 거 아니면 좀 기다려 봐요. 6개월만 지나면 값이 반으로 뚝 떨어질 테니까."

무안해진 그가 말리화는 어떠냐고 물었다. 그러자 지금 몇 그루 있는 게 전부 덜 자라서 꽃이 예쁘게 필 것 같지 않다며 좀 더 키운 다음에 팔겠다는 대답이 돌아왔다. 치자나무를 볼라치면 집에 붙어 있느냐고, 치자는 예민하고 기르기 까다로우니 혹시 집을 자주 비우는 편이면 키울 생각도 하지 말라며 손사래를 쳤다.

이러기를 몇 차례, 청년은 웃어야 할지 울어야 할지 알 수가 없었다. 다른 사람들은 자기네 물건이 좋다고 자랑하고 홍보하기 바쁜데 이 여사장은 정반대로 자기 물건의 단점부터 까발리고 있지 않은가. 청년에게만 그러는 것이 아니었다. 찾아오는 손님마다 전부 그렇게 했다. 그러다 손님이 꽃 한 송이 사지 않고 나가 버려도 전혀 개의치 않았다.

"그런데 말이죠." 청년은 어깨를 으쓱였다.

"요 몇 년 동안 그 여사장님 가게를 제일 많이 갔어요. 사실 거의 그곳에서만 물건을 들여온답니다. 그 사장님이 특별히 할인해 주는 것도 아니고, 그렇다고 다른 가게 사장님들이 불친절하거나 바가지를 씌우거나 물건을 속여 파는 것도 아닌데 그래요. 차이가 있다면 딱 하나, 다른 가게 사장님들은 자기 물건의 단점을 말하지 않는다는 점뿐이죠."

그는 씩 웃었다.

"그런데도 어쩐지 그 여사장님 물건을 더 많이 팔아 주고 싶다는 생각이 들어요. 어차피 누군가의 물건을 사야 한다면 착한 사람이 돈을 벌었으면 좋겠다는 마음이랄까? 물론 이런 생각을 사장님한테 말한 적은 없어요. 사장님도 왜 자기한테만 물건을 사느냐고 물은 적도 없고요. 물어본다고 해도 뭐라고 해야 할지 사실 모르겠어요. …착하게 살면 복 받는다? 이게 그나마 떠오르는 답이에요."

#3

한 부부가 태국 방콕으로 놀러 갔다. 해외여행이 처음이었지만 부부는 용감하게 패키지여행이 아닌 자유여행을 선택했다. 둘 다 이것저것 알아보기 귀찮아하는 성격이라 가볼 만한 곳이나 맛집 따위를 미리 찾아보지도 않았다. 믿을 것이라고는 두둑한 주머니와 어설픈 영어 실력뿐이었지만 두 사람은 망설임 없이 태국행 비행기에 올랐고, 무사히 방콕에 도착했다.

다행히 부부의 여행은 순조롭게 흘러갔다. 미리 알아보거나 준비한 게 없어서 오히려 모든 것이 이국적이고 신선하며 새로웠다. 신이 난 부부는 그날의 마지막 일정으로 툭툭이라 불리는 태국 특유의 삼륜차를 빌려서 라차프라송의 에라완 사원에 가기로 결정하고 기사와 흥정에 나섰다.

라차프라송까지는 꽤 먼 거리였기 때문에 기사에게는 매우 큰 건수였다. 하지만 까맣고 깡마른 젊은 기사는 목적지를 듣자마자

진심을 건네면
진심이 돌아오고,
진심과 진심이 만나면
세상은 더 살 만한 곳이 된다.

머뭇거리며 그쪽으로는 안 가는 게 좋겠다고 말했다. 얼마 전 라차프라송에서 폭발 사고가 터져서 십여 명이 죽고 일대가 혼란에 빠졌었다는 것이다. 그 근처에 묵던 관광객들이 전부 짐을 싸서 돌아갔다는 말도 덧붙였다. 자신도 그때 근처에 있었는데, 다행히 다치지는 않았지만 폭발 충격으로 툭툭이가 넘어가면서 옆면이 잔뜩 긁혔다며 그때 생긴 자국을 보여 주기도 했다.

"지금은 위험하지 않다지만 그래도 그런 일이 있었다고 말씀드려야 할 것 같았어요. 선택은 손님 몫이지만요."

부부는 당황해서 서로를 바라보다가 얼른 휴대전화로 검색해 보았다. 과연 기사 말대로였다. 부부는 오늘은 이만 돌아가 쉬기로 하고 기사에게 고맙다며 호텔로 데려다 달라고 했다.

호텔까지는 금방이었다. 기사는 안녕히 가시라며 예의 바르게 인사했고, 부부 역시 환하게 웃는 얼굴로 작별을 고했다.
여행을 마치고 돌아온 후 부부는 친구들이 여행 소감을 물을 때마다 빠지지 않고 그 젊은 기사 이야기를 하면서 안도의 한숨을 쉬었다.

"사실 거기서 무슨 일이 벌어졌었는지 우리는 모르잖아. 어찌 보면 그 기사가 너무 착한 거지. 아무 말 없이 그냥 거기까지 태워 다 줬으면 큰돈을 벌 수 있었을 텐데. 우리한테 꼭 그 이야기를 할 의무가 있는 것도 아니고, 말해 주지 않았다고 우리가 원망할 것 도 아니잖아."

"그렇지. 그런데 그 기사 정말 바보 같네. 가만히만 있었으면 벌 수 있는 돈을 내치다니."

그러자 남편이 빙그레 웃으며 말했다.

"하지만 차에서 내리기 직전에 와이프가 새로 산 손수건에 돈 을 싸서 기사 자리 옆에 놓던걸."

친구가 궁금하다는 듯 물었다.

"돈을? 얼마나?"

부인은 웃기만 할 뿐 아무 말도 하지 않았다. 액수가 적지 않았 다는 것만큼은 확실했다.

사람은 누구나 자신이 원하는 바를 합리적으로 얻을 권리가 있다.

하지만 좋은 사람은 그보다 더 많이 받아도 된다. 그리고 그들은 받을 만하다.

✦ ✦

그들이 없어도 세상은 아무렇지 않게 돌아갈 것이다.
늘 그렇듯 해와 달이 뜨고 지고,
아무것도 변하지 않을 것이다.
그러나 그들이 있기에
세상은 비로소 좀 더 살 만한 곳이 된다.
이해와 포용을 조금 더 바라도 좋은 곳이 된다.

서로를 위해 관심 끄기

다른 사람의 하늘이 무너질 때
네가 받쳐 줄 수 없다면,
그저 눈 감고 못 본 척하는 게 도와주는 것이다.

#1

어릴 때 자전거를 타고 가다가 길 건너편에 아주 예쁜 웨딩카가 지나가는 것을 보고 나도 모르게 멈춰 섰다. 그런데 구경에 정신이 팔린 나머지 뒤쪽에서 빠르게 다가오던 차를 보지 못했고, 하마터면 차와 부딪칠 뻔했다. 다행히 부딪치지 않고 스치는 데서 그쳤지만 놀라서 자전거와 함께 넘어지고 말았다.

하지만 더 놀랄 일은 그다음에 벌어졌다. 차가 저만치 앞에서 급정거하더니, 운전석에 내린 여자가 차 옆면을 훑어보고는 외려 내게 고래고래 소리를 지르기 시작한 것이다. 대충 내 자전거에 긁혀서 차에 스크래치가 났다는 내용 같았다. 지금 생각하면 적반하장에 말도 안 되는 소리였지만 당시 여덟 살이었던 나는 어른이 소리를 지른다는 사실 자체에 겁을 먹고 그 자리에 굳어 버렸다. 여자는 기세등등하게 달려와 내 어깨를 움켜잡고 계속 윽박질렀다.

"눈을 얻다 두고 다니는 거야? 차가 오면 비켜야지, 왜 길을 막고 서 있어? 너, 자해공갈단이니? 집이 어디야? 내 차 긁힌 거 어쩔 거야! 네 부모한테 배상하라고 해야지, 안 되겠다. 너네 집이 어디냐고!"

여자가 튀긴 침이 사방으로 날렸다. 시끄러운 소리를 듣고 하나둘씩 사람들이 몰려들었다. 나는 겁먹은 눈으로 주변을 돌아봤다. 뭐가 어떻게 된 것인지, 대체 어찌해야 하는지 알 수 없었다. 그런데 뭔가 좀 이상했다. 다들 서너 걸음쯤 떨어져 손가락질하며 쑥덕일 뿐 무슨 일인지 묻지도, 나를 도와주지도 않았다. 심지어 킥킥 웃는 소리에 이런 말까지 들렸다.

"뉘 집 애인지 사고 쳤나 보네."
"아휴, 내 딸 같았어도 가만히 안 뒀어."
"부모가 잘못 가르친 게지, 어린 게 얼마나 큰 잘못을 했기에 저렇게 드잡이를 당해?"

그날 그 자리에 있던 것은 구경꾼, 잔인한 구경꾼들뿐이었다.
눈시울이 뜨거워졌다. 무서웠지만 그 이상으로 화가 났다. 본능적으로 약해 보이면 안 된다는 것을 알았지만 어쩌랴, 나는 겨우 여덟 살이었다. 망할 눈물이 주르륵 흘러내렸다.

구경꾼은 점점 더 늘어났다. 그 좁은 골목길에 그토록 많은 사람이 몰릴 수 있다는 게 놀라웠다. 그들은 여자와 나를 두세 겹으로 에워쌌다. 바깥쪽에 있는 사람은 기를 쓰고 고개를 뻗어 안쪽을 들여다보려 했고, 안쪽에 있는 사람은 자리를 내주지 않으려 뻗댔다. 아예 작정하고 구경하겠다는 듯 가방에서 사과를 꺼내 아작이는 사람도 있었다.

사람이 너무 많아서일까. 공기마저 희박해지는 기분이었다. 그들은 나와 여자를 흥미롭게 쳐다보며 웃거나 자기들끼리 수군댔다. 애가 도망가지 못하게 더 꽉 잡으라고 훈수를 두는 이도, 여자의 차를 살피며 이 정도면 견적이 얼마쯤 나오겠다며 분석을 하는 이도 있었다.

귓가를 때리는 웅성거림 속에서 나는 눈물만 뚝뚝 흘렸다. 목덜미가 벌겋게 달아오르고, 손끝은 차갑게 식었다. 무섭고, 화나고, 절망적이었다. 엄청난 무력감이 온몸을 휘감았다.

사실 여자가 아무리 억지소리를 퍼부어도 우리 둘뿐이었다면 어떻게든 대처할 수 있었을 것이다. 당황하고 놀라긴 했지만 내가 억울한 누명을 뒤집어쓰고 가만히 있을 만큼 순진한 아이도 아니었고 집도 지척에 있었기 때문이다.

어린 마음에도 내 잘못은 아닌 게 확실하니, 여자가 뭐라건 당당하게 부모님을 불러오겠다며 집으로 뛰어가면 그만이었다. 하지만 채 정신을 차리기도 전에 구경꾼이 몰려들어 나를 동물원 원숭이인 양 쳐다보는 순간, 손가락질하고 비웃고 비난하고 이러쿵저러쿵해대는 순간, 나는 아무것도 할 수 없게 되어 버렸다. 그들이 거리낌 없이 쏘아대는 잔인한 시선은 아직 자존감이 다 자라지 않은 아이가 견뎌내기에 지나치게 날카로웠다.

더 이상 버티지 못하고 무너지기 직전인 바로 그때, 따뜻하고 건조한 손이 내 팔을 붙들었다.

놀라서 고개를 드니 낯익은 얼굴이 나를 내려다보고 있었다. 이웃집 할머니였다.

이웃이라지만 평소 별다른 친분은 없었다. 집 앞 골목에서 마주치면 꾸벅 인사를 하는 정도였다. 말 한 번 나눈 적도 없었다. 하지만 그 순간, 할머니는 나를 힘껏 끌어당겨 자기 등 뒤로 숨기고 사람들의 시선을 막아 냈다. 그리고 내처 큰 소리로 모두를 나무랐다.

"다들 뭐 하는 거여? 뭔 구경났어? 다 큰 어른들이 애 하나를 겁줘서 새파랗게 만들고, 부끄럽지도 않어?"

누군가 짜증 난다는 듯 소리쳤다.

"아, 할머니 손녀라도 돼요? 남의 일에 왜 껴들어?"

할머니는 지지 않고 사납게 되받아쳤다.

"그름 이게 니들 일이여? 니들도 남이잖여! 왜 몰려들어서 난리여?"

그 사람은 찍소리도 못하고 슬쩍 자리를 피했다. 그러자 이번에는 어떤 사람이 변명처럼 중얼거렸다.

"우린 애를 도와주려고…."
"도와주긴 뭘 도와줘! 내가 다 봤구먼!"

할머니는 단호하게 말허리를 잘랐다.

"어여 가, 가라고! 을매나 할 짓이 없으면 떼거리로 몰려서 애를 잡아! 한가하면 집에 가서 발 씻고 잠이나 자!"

구경꾼들이 하나둘 흩어져 사라질 때까지 나는 할머니 뒤에 붙어 눈을 꼭 감고 있었다. 잠시 후, 할머니가 내 머리를 쓰다듬으며 부드럽게 말했다.

"아가, 놀랬지? 괜찮다, 괜찮아."

눈을 떠보니 거리에는 나와 할머니, 그리고 그 여자만 남아 있었다. 여자는 여전히 불만이 가득해 보였지만 아까처럼 막무가내로 소리 지르지는 못했다.

"아이 할머니 되세요? 애 때문에 제 차가요…."
"나는 아무도 아니요."

할머니가 여자의 말을 가로막았다.

"그저 애가 딱해서 나섰을 뿐이지. 어른들이 부끄럽지도 않은가, 다들 뭐 하는 짓이여."
"그럼 제 차 보상 문제는 누구랑 얘기해요? 이 애 부모 아세요?"

할머니는 어이없다는 듯 '흥!' 하고 콧바람을 내쉬더니 여자의 차를 가리켰다.

"내가 늙은이라고 우습게 아는가. 저 차 긁힌 게 애가 그랬는지

원래 그랬는지 어찌 알아? …한데 이상하네. 여짝은 일방통행인
데 차가 어째 거꾸로 들어왔구먼. 여봐요, 아줌마. 경찰 불러요?
잘잘못 한번 지대로 따져 볼까?"

이번에는 여자가 당황할 차례였다. 당시 나는 일방통행이 뭔
지 잘 몰랐다. 그저 할머니의 엄중한 표정과 어버버 말을 잇지 못
하는 여자를 번갈아 볼 뿐이었다. 여자는 잠시 숨을 몰아쉬더니
어쩔 수 없다는 듯 내게 눈을 한 번 부라리고 후다닥 차를 타고 도
망치듯 가 버렸다.

당장이라도 큰일 날 것 같았던 상황이 순식간에 끝나 버려서
얼떨떨하게 서 있는데, 할머니는 여자에게 드잡이를 당하느라 흐
트러진 내 옷깃을 매만져주며 다정하게 말했다.

"이제 됐다. 이제 괜찮여."

나는 목이 멨지만 간신히 한마디 했다.

"…감사합니다, 할머니."

할머니는 주름진 얼굴 가득 미소를 지었다.

"아가, 이런 일은 아무것도 아녀. 담에 또 이런 일 생겨도 절대 겁먹지 말거라, 응?"

나는 크게 고개를 끄덕였다. 할머니는 자전거를 일으켜서 내 손에 손잡이를 쥐여주며, 담담한 말투로 이야기했다.

"다른 사람이 어려움에 처한 걸 봤을 때 도와줄 수 있다면 도와주고, 도와주지 못할 것 같으면 그 자리를 떠야 하는 거다. 남의 힘든 꼴을 구경거리 삼거나 더 번거롭게 만드는 건 사람이 할 짓이 아니여. 옛날에도 보면 때리는 놈보다 옆에서 구경하는 놈들이 더 밉더라."

할머니는 내 등을 토닥이며 한마디 덧붙였다.

✦ ✦

"다른 사람의 하늘이 무너질 때 네가 받쳐줄 수 없다면,
그저 눈 감고 못 본 척하는 게 도와주는 거란다."

나이를 먹으며 이런 일을 보거나 겪지 않는다면 좋겠지만 슬프게도 더 많이 보고, 겪는다. 그럴 때마다 할머니의 가르침이 생각난다. 한편으로는 이런 의문이 고개를 든다.

✦ ✦

사람은 왜 타인의 불행에
필요 이상의 호기심과 관심을 보일까?
저열한 관음증 때문일까,
아니면 그만큼 인생이 무료하기 때문일까?

#2

먼 친척 오빠 내외에게 안 좋은 일이 생겼다는 소식을 들었다. 얼마 전 첫아이를 낳았는데, 아이가 자꾸 토하고 대변을 보지 못해서 정밀검사를 받은 결과 항문폐쇄증 진단을 받았다는 것이다. 자주 만나지는 못했지만 오빠도, 올케도 선하고 좋은 사람들이라 마음이 아팠다.

그런데 그 소식을 들은 친척들의 행동이 눈에 거슬렸다. 알고 보니 본가가 있는 시골에서는 '항문이 없는 아기를 낳은 것'을 부

힘이 들 때 든든한 등을
보여 주는 사람들이 있다.
공연한 관심이나 호기심 어린 시선 대신,
따스하고 굳건하며 믿음직한, 인간적인 등을 말이다.

덕不德의 소치로 여긴다고 했다. 다시 말해 부모가 뭔가 잘못해서 그 벌로 아픈 아기가 태어났다는 것인데, 이게 대체 말이 되는 소리인가. 하지만 몇몇 물색없는 친척은 걱정을 빙자한 호기심을 숨김없이 드러내며 가엾은 오빠 부부에게 이것저것 물어댔고 자기들끼리 모이면 어김없이 아픈 아기를 화제에 올렸다. 심지어 이러쿵저러쿵 입방아를 찧으려고 일부러 우리 집까지 찾아온 친척 아주머니도 있었다. 나는 그 소리가 듣기 싫어서 곧장 일어나 내 방으로 들어가 버렸고, 아주머니가 돌아갈 때까지 나오지 않았다.

나중에 엄마가 아주머니에게 실례했다며 나무랐지만 나는 지지 않고 남의 뒷말을 쑥덕이는 게 제일 큰 실례라고 대꾸했다.

"다들 걱정돼서 그러는 거잖니. 어떻게 하면 도울 수 있을까, 다들 궁리하느라 그러는 거야."

엄마가 친척들을 두둔했지만 나는 조금도 동의할 수 없었다.

"지금처럼 힘들 땐 입 다물고 가만히 있어 주는 게 도와주는 거예요. 괜히 이것저것 묻고 들쑤시면서 더 심란하게 만들지 말고, 본인들이 문제해결에 집중할 수 있게 내버려 두는 게 훨씬 낫다고요."

그렇다. 어떤 부모도 다른 사람이 자신의 가엾은 아기에 대해 이러쿵저러쿵하기를 원치 않는다. 그런 소리를 듣느니 차라리 아무 도움도 받지 않고 혼자 힘으로 문제를 해결하는 편을 택할 것이다. 그러니 이런 경우 주변인이라면 당사자가 먼저 도움을 청하기 전까지는 가만히 있어야 한다. 물론 도와달라면 최선을 다해 도와야겠지만 상대가 원치도 않는 도움을 주겠다고 먼저 나서는 것은 오지랖을 넘어 폭력이다.

나중에 아기가 인공항문 수술을 잘 받고 순조롭게 회복 중이라는 소식을 들었다. 그제야 오빠에게 전화를 걸어 허락을 받은 후 온 가족이 오빠네 집을 방문했다. 가서도 수술에 대해서는 일절 묻지 않고, 그저 아기가 건강하길 바란다는 축복의 말과 선물만 전해 주었다. 오빠 내외는 내내 편안한 얼굴로 웃었다.

#3

어떤 사람이 재미있는 실험을 했다. 인파로 북적이는 길 한가운데 서서 하늘을 올려다본 것이다.

처음에는 대부분 흘낏 보고 지나갔지만 시간이 흐를수록 궁금증을 참지 못하고 그를 따라 하늘을 올려다보는 사람들이 생겼다. 그리고 갈수록 더 많은 사람이 그를 따라 했다. 남들이 무엇을 보고 있는지 알지도 못하면서, 다들 하늘을 올려다보았다.

왜일까? 아마도 호기심 때문이 아닐까.

고양이는 호기심 때문에 죽는다지만 알고 보면 사람도 별반 다른 것 같지 않다. 무슨 일인지 어떤 상황인지 알지도 못하면서 단지 궁금증에, 호기심에, 흥미에 이끌려 구경꾼을 자처하는 이가 얼마나 많은가. 안타깝게도 그들 중 많은 수는 방관자로 전락한다.

시간과 에너지를 낭비하고 인간으로서 존엄성까지 해치며 결국에는 아무것도 더 나아지게 만들지 못하는 '희번덕거리는 눈'들에 머물고 마는 것이다.

하지만 가끔은 그날의 할머니같이 든든한 등을 보여 주는 사람들이 있다. 따스하고 굳건하며 믿음직한, 인간적인 등 말이다. 나는 아직도 할머니의 말씀을 종종 떠올린다.

✦ ✦

도와줄 수 있으면 돕고,

도와줄 수 없으면 그 자리를 떠나라.

남의 힘든 모습을 구경거리로 삼거나

더 번거롭게 만들지 마라.

다른 사람의 하늘이 무너질 때 받쳐 줄 수 없다면,

그저 눈 감고 못 본 척하는 게 도와주는 것이다.

생과 사는 하늘의 뜻에 달렸고, 나의 능력에는 한계가 있다.

도울 수도, 구해 줄 수도 없을 때 상대를 존중하는 최소한의 방법은 눈을 감고 상대의 비참함을 보지 못한 척하는 것이다.

그러니 때로는 관심을 끄도록 하자.

나를 위해, 그리고 상대를 위해.

누군가에게 한 번이라도
고결한 사람이었는가

❧

자신의 고결함으로 천박함을 덮고
선량함으로 악의를 이길 수 있어야 한다.
이 세상을 좀 더 살 만한 곳으로 만드는 것은
결국 이런 마음들이다.

#1

인터넷에서 한때 뜨거운 감자였던 화두가 있다. 바로 '여성이 공공장소에서 쭈그려 앉아 있어도 괜찮은가?'이다.

얼핏 뜬금없는 소리 같은 이 논쟁은 한 커뮤니티에 올라온 사진 한 장에서 촉발됐다. 젊은 여자 둘이 정거장 바닥에 쭈그려 앉아 전철을 기다리며 수다를 떠는 모습이었다. 사진을 찍어 올린 네티즌은 자못 엄중한 투로 이들을 규탄했다.

"내가 꼰대라고 해도 어쩔 수 없는데, 그래도 이건 너무하지 않은가? 요새 여자애들은 도무지 품위라고는 찾아볼 수가 없다. 아무 데나 쭈그리고 주저앉고, 볼썽사납다는 걸 모르나? 대체 뭘 보고 배운 건지. 결국 교양의 문제 아닌가?"

사진 한 장 때문에 게시판이 그야말로 벌집을 쑤셔 놓은 듯 난리가 났다. 요즘 젊은 사람들은 제멋대로에 교양도, 예의도 없다며 동의하는 의견도 있었지만, 대다수는 그게 뭐 어떠냐는 식이었다. 다른 사람에게 불편을 준 것도 아니고 길을 막은 것도 아닌데 쭈그려 앉든 퍼질러 앉든 무슨 상관이냐는 댓글부터, 몸이 힘든데 앉을 자리가 없어서 그랬을 거라는 추측성 댓글, 허락도 없이 남의 사진을 찍고 최소한의 모자이크도 없이 그대로 올린 글 쓴이가 더 교양 없다는 '너나 잘하세요'형 댓글까지 대부분 글을 올린 사람을 비난하는 쪽이 많았다.

논란이 된 글과 사진, 댓글을 보면서 문득 과거의 사소한 기억 하나가 뇌리를 스쳤다.

#2

직장을 다닌 지 얼마 안 됐을 때의 일이다. 사수가 거래처에 가서 중요한 서류를 받아 오라며 예정에 없던 심부름을 시켰다. 한창 차가 막힐 시간이라 전철을 타고 가서 부랴부랴 서류를 받아 오니 정작 급히 필요하다던 사수가 자리에 없었다. 그새 다른 거래처에 외근을 나간 것이다. 전화를 해 보니 당장 자신이 있는 곳으로 가지고 오라며 성화를 부려서 어쩔 수 없이 또다시 전철을 타고 한 시간이 걸려 찾아갔다. 서류를 전해 주고 나오니 하늘은 이미 어둑어둑해져 있었다.

집으로 돌아가는 길, 그날따라 높은 하이힐을 신은 바람에 다리가 너무 아팠다. 발가락은 감각이 사라진 지 오래고, 발바닥은 타는 듯했으며, 발꿈치는 벌겋게 쓸려 피가 맺혔다. 절뚝이며 지하철을 탔지만 퇴근 시간이라 빈자리가 하나도 없었다.

간신히 지지봉을 잡고 섰지만 다리가 후들거려 금방이라도 쓰러질 것 같았다. 등 뒤로 식은땀이 흐를 지경이었다. 차라리 구두를 벗고 쭈그려 앉고 싶었지만 투피스 정장 차림으로 차마 그럴 용기가 나지 않았다. 머리 한구석에 박힌 '여자는 언제나 몸가짐을 조심해야 한다, 특히 공공장소에서'라는 가부장적 고정관념이 주저앉으려는 나를 자꾸 가로막았다. 하지만 내 몸은 비명을 지르기 일보 직전이었다. 숨도 잘 쉬어지지 않고, 눈앞이 핑핑 돌았다. 이대로 있다가는 두 정거장도 못 버티고 기절할 것만 같았다.

사실 내가 주저앉든 말든, 다른 사람들은 신경도 쓰지 않았을 것이다. 하지만 그 순간 나는 엄청난 갈등에 시달렸다. 신체적 한계와 정신적 압박 사이에서 어느 쪽으로도 기울어지지 못하고, 마치 생사가 걸린 선택을 앞둔 사람처럼 안절부절 못했다. 나는 벌게진 얼굴로 이를 악물었지만 결국 지지봉에 기댄 채 조금씩 주저앉기 시작했다.

그때 누군가 갑자기 내 어깨를 톡톡 건드렸다.

돌아보니 소박한 옷차림의 나이 지긋한 아주머니가 언제 왔는지도 모르게 내 곁에 서 있었다. 내가 의아하게 바라보자 아주머니는 사람 좋은 미소를 지으며 자기 뒤에 있던 커다란 짐을 끌어다 내 쪽으로 밀었다. 검은 비닐로 쌓인 짐은 얼추 내 허벅지 근처까지 올 만큼 부피가 컸다. 짐의 크기를 보아도 그렇고 아주머니의 차림을 봐도 그렇고, 근처 의류 도매시장에서 떼어 온 옷더미가 분명했다. 아주머니는 짐을 툭툭 치며 말했다.

"앉아요."
"…네?"

내가 바보처럼 되묻자 아주머니는 하얀 이를 드러내며 웃었다.

"다 옷이라 눌려도 괜찮아요. 어서 앉아요."

나는 잠시 멍하니 짐을 바라봤다. 하지만 강렬한 유혹을 이기지 못하고 결국 고맙다는 말과 함께 조심스레 그 위에 걸터앉았다. 엉덩이 아래 푹신한 감촉이 느껴지는 순간, 너무 편안해서 울고 싶어졌다.

다시 한번 감사 인사를 했다. 아주머니는 신경 쓰지 말라며 고개를 저었다. 아주머니가 앉으셔야 하는 것 아니냐고 묻자 자신은 피곤하지 않다고 했다.

"젊은 아가씨가 직장 생활하느라 얼마나 힘들겠어요, 고생이 많아요."

　그날 나는 빈자리가 생길 때까지 옷더미에 앉아 있었다. 그리
고 그때까지 아주머니는 내리지 않았다. 어느 역에서 내리시냐고
물어봐도 자꾸 다른 이야기만 할 뿐, 좀처럼 대답해 주지 않았다.

　벌써 오래전 일이지만 아직도 그때 그 옷더미의 감촉이 생생
하다. 여태껏 내가 앉아 본 모든 자리를 통틀어도 그만큼 편안한
자리는 없었다. 몇천만 원 하는 소파에도 앉아 보고, 비행기 일등
석도 타 봤지만 그날 아주머니가 내어준 비닐봉지에 쌓인 옷더미
보다 편하지 않았다. 지금도 그 느낌을 떠올리면 마음이 따스해
진다.

　살다 보면 누구나 궁지에 몰릴 때가 있다. 번듯한 신사도, 우아
한 숙녀도, 남부럽지 않은 부자도 교양이나 예의를 차릴 여유가
없을 만큼 곤경에 처할 수 있다.
　원하든 원치 않든 꼴사나운 모습을 보일 수밖에 없는 그런 순
간에 당신은 무엇과 마주치고 싶은가? 속사정도 모르면서 비난
만 쏟아내는 커다란 입? 마구 휘둘러대는 손가락? 흘겨보는 눈?
　아니, 그럴 리 없다. 그럴 때라면 따스하게 건네는 도움의 손,

내 작은 배려가
상대방에게는 절망을
이겨내는 용기가 될 수도 있다.

잠시 걸터앉아 쉴 수 있는 커다란 옷더미, 괜찮다는 미소와 이해한다는 끄덕임이 절실하지 않겠는가.

전자는 '제대로 된 인간됨을 가르치겠다'는 태도고, 후자는 '제대로 된 인간됨을 실천하는' 태도다.

어느 쪽이 사람을 편하게 만들까? 당신의 태도는 어느 쪽인가?

✦ ✦

우리에게는 세상을 좀 더 정돈되고
질서 있게 만들 의무가 있다.
그 속에서 고결함과 천박함을 나눈다면,
함부로 비난과 질책을 쏟아 내는 것은 '천박한 것'이고
도움의 손길을 내미는 것은 '고결한 것'이다.

#3

이른 저녁, 번화가 근처를 지나가다 화려하게 차려입은 아가씨가 길가에 주저앉아 비틀거리며 흐느끼는 모습을 보았다. 아마도 술을 많이 마시고 취했는지 옆에는 토한 흔적이 있었다. 지나가던 사람들은 하나같이 코를 막고 눈살을 찌푸리며 혐오감을 여

과 없이 드러냈다. 그녀 또래로 보이는 몇몇 여자는 일부러 들으라는 듯 소리 높여 말했다.

"어우, 토해 놓은 것 좀 봐. 초저녁부터 무슨 술을 저렇게 먹었대. 길거리에서 저게 뭐 하는 짓이야, 쪽팔리지도 않나?"

그때, 나와 같이 가던 친구가 내게 잠깐 기다려 보라고 하더니 근처 편의점으로 뛰어갔다. 잠시 후 돌아온 친구의 손에는 물티슈와 비닐봉지, 물과 숙취해소제 따위가 들려 있었다. 친구는 곧장 길바닥에 앉아있는 아가씨에게 다가갔다. 나도 얼른 뒤를 따랐다.

그녀는 너무 울어서 기운이 다 빠졌는지 축 늘어진 상태였다. 일단 그녀를 친구와 둘이 힘을 합쳐 간신히 일으켜 세워 벤치에 앉혔다. 그런 뒤 물과 숙취해소제를 먹이고 물티슈로 바닥의 토사물 자국을 깨끗이 닦아 비닐봉지에 넣어 쓰레기통에 버렸다.

잠시 후 콜택시가 도착했다. 우리는 그녀와 함께 택시에 탔다. 다행히 그녀는 숙취해소제를 마신 덕인지 어느 정도 정신이 돌아와 주소를 불러 주었다. 목적지에 도착할 때쯤에는 술기운도 다 가신 듯, 옆자리에 앉은 친구의 손을 잡고 약간 쉰 목소리로 연신 감사 인사를 했다.

"고맙습니다. 정말 고맙습니다…."

우리는 아무 말도 하지 못했다. 위로라도 하고 싶었지만 왜 울었는지 알 수 없으니 어쩔 도리가 없었다. 어쩐지 그녀도 원치 않을 것 같았다. 그녀는 택시에서 내리자마자 우리에게 꾸벅 인사하고, 짙어진 밤의 어둠 속으로 휘청휘청 사라졌다.

아무리 힘든 일이 있대도 다 큰 처녀가 만취해서 길거리에 널브러지면 안 된다고 말할 사람도 있을 것이다. 그게 무슨 추태냐고, 천박하다고 손가락질할 수도 있다.

나는 여전히 그날 그녀가 왜 그러고 있었는지 모른다. 대체 무슨 일이 있었기에 엉망으로 취해서 길거리에 주저앉을 수밖에 없었는지 아마 앞으로도 절대 모를 것이다. 하지만 그날 그녀의 흐느낌에는 깊은 절망과 슬픔이 담겨 있었다. 아무에게도 기대지 못하고 혼자 견뎌야만 하는, 그런 시린 고통이 있었다. 그래서 나는 그녀를 비난하기보다는 충분히 그럴 만한 속사정이 있었다고 믿기로 했다.

그녀를 손가락질하고 비웃던 사람들도 똑같은 고통을 겪는다면 과연 그녀보다 나은 모습을 보일 수 있을까?

글쎄, 모르겠다.

✦ ✦

우리가 할 수 있는 일은
자신조차 추스를 수 없는 고통에 빠진 그녀를
비난하지도,
비웃지도,
손가락질하지도 않는 것이다.

손을 뻗어 토사물투성이 바닥에서 일으켜 세워
무사히 집으로 돌려보내는 것이다.
쉽게 질책하고 판단하는 천박함 대신,
한 여자의 부서질 듯 위태로운 자존감을
힘껏 지켜 주는 따스한 마음을 갖는 것뿐이다.

만약 고된 하루에 지쳐 지하철 바닥에 주저앉은 모습이 정말
보기 싫다면, 따뜻한 목소리로 이렇게 말하면 그만이다.

"아가씨, 많이 피곤한가 봐요, 이리 와서 내 자리에 앉아요."

그렇게 하지도 못하면서 교양을 논하고 예의를 따진다면 스스

로 그럴듯한 겉모습과 허울뿐인 우월감에 사로잡혀 있음을 자백하는 것이나 다름없다.

안타깝지만 이런 사람들은 세상을 티끌만큼도 나아지게 하지 못한다.

✦ ✦

자신의 고결함으로 천박함을 덮고
선량함으로 악의를 이길 수 있어야 한다.
이 세상을 좀 더 살만한 곳으로 만드는 것은
결국 이런 마음들이다.

어느 여행에서

일어난 일

이 여행 이후로 그녀는 아무리 엉망진창인 듯한 일도,
형편없어 보이는 경험도
지나고 보면 그렇게 나쁘지만은 않을지
모른다고 생각하게 되었다.

#1

2004년 9월, 나는 친구들과 촨시川西 대초원 일대로 여행을 떠났다.

인원은 네 명, 전부 여자였다. 촨시 여행의 시작점인 청두에 도착하자마자 우리가 가장 먼저 한 일은 여행길 안내와 운전을 해줄 기사를 찾는 것이었다. 잠시 후 작은 승합차를 몰고 나타난 기사는 피부가 검고 깡마른 사내로, 말이 많고 인색했다. 우리는 조금이라도 비용을 깎아보려 했지만 바늘 하나 들어가지 않을 만큼 빈틈없고 강경한 그의 태도에 질려 결국 부르는 대로 값을 주기로 하고 출발을 재촉했다.

여행의 시작은 순조로웠다. 먼저 아바를 들렀다가 다시 랑탕과 서다를 거쳤는데 특히 아바의 풍경이 감동적이었다. 산 정상에 오르면 순백색 구름이 발밑에 환상처럼 펼쳐졌고, 마을을 휘돌아 흐르는 연녹색 강물과 푸른 초원 위에 점점이 박힌 소와 양이 정취를 더했다.

뤄훠에 도착했을 때 마냥 청명할 것만 같았던 여정에 먹구름이 드리우기 시작했다. 하늘빛이 어두워지고, 앞쪽 지방에 눈이 쏟아지기 시작했다는 소식이 들려왔다. 우리는 잠시 의논한 뒤 눈이 내리기 전에 최대한 빨리 그날의 숙박지로 정한 더거현으로 가기로 했다.

하지만 채 절반도 가기 전에 눈이 흩날리기 시작했고, 오후로 갈수록 눈발이 더욱 거세졌다. 기사는 조금만 더 가면 마니간거 라는 작은 마을이 있다며, 그곳에서 식사하고 차후 일정을 다시 논의해 보자고 제안했다. 이대로 눈보라를 뚫고 가는 것은 위험 하다는 말도 덧붙였다. 우리는 어쩔 수 없이 그의 제안을 받아들 였다.

마니간거는 말이 좋아 마을이지, 길가에 작은 건물 몇 채가 전 부였다. 작은 식당에 들어가 주문을 하고 나니 비로소 허기가 밀 려왔다.

잠시 후 테이블 위에 김이 모락모락 오르는 탕과 먹음직스러 운 요리가 차려졌고, 우리는 허겁지겁 음식에 달려들었다.

한참 정신없이 먹고 있는데 옆 테이블에 앉은 남녀가 우리를 힐끗힐끗 보는 게 느껴졌다. 어쩐지 심상치 않고 불쾌함이 느껴 지는 눈길이었다. 내가 마주 쏘아보자 두 사람은 얼른 고개를 숙 이고 다시 식사에 열중하는 척했다. 하지만 곧 다시 우리를 훔쳐 보며 자기들끼리 무어라고 쑥덕거렸다.

식사를 마치고 각자 배낭을 점검하며 식당 주인과 이런저런 이야기를 나누었다. 그는 우리에게 더 가지 말고 청두로 돌아가라고 권했다. 눈이 많이 내릴 때는 길을 아예 봉쇄하는 곳이 많기 때문에 부득부득 가 봤자 어차피 목적지까지 못 간다는 것이다. 더구나 이곳처럼 고도가 높은 지역에서는 평지와 달리 상상도 못한 위험 요소가 생길 수도 있다고 했다.

하지만 이대로 포기하기에는 너무 아쉬웠다. 넷이서 가까스로 일정을 맞춰 이 먼 곳까지 왔는데 날씨에 가로막혀 돌아가야 한다니! 그렇다고 현지인이 말리는데 억지로 밀고 나갈 배짱이 있는 것도 아닌지라 자연히 고민이 길어졌다. 서로가 서로를 설득하지 못한 채 아무 결론도 내지 못하고 시간만 속절없이 흘러갔다.

그렇게 한창 갑론을박 중인데 갑자기 밖에서 다투는 소리가 들렸다. 잘 들어보니 그중 하나는 조금 전 화장실에 간다고 나간 지연의 목소리 같았다. 우리는 후닥닥 밖으로 뛰쳐나갔다.

과연 지연은 아까의 그 남녀와 실랑이를 벌이고 있었다. 그 옆에는 기사가 불편한 표정으로 서 있었다. 지연은 우리를 보자마자 남녀를 가리키며 소리쳤다.

"이 사람들이 우리 차를 뺏으려고 했어!"
"뭐라고?"

우리는 당장 우르르 달려가 지연의 옆에 섰다.

이곳에서 차를 '빼앗기는' 일은 단순히 돈의 문제가 아니었다. 앞뒤로 수십 킬로미터를 가도 마을 하나 찾기 힘든 이곳에서 차가 없다는 것은 다리를 잃는 것이나 마찬가지였다. 워낙 외지라 다시 빌리기도 쉽지 않으니 차를 뺏긴다면 꼼짝없이 이곳에 발이 묶일 공산이 컸다.

"당신들 차는 어쩌고 왜 우리 차를 가로채려고 해요?"

알고 보니 두 사람도 원래는 우리처럼 기사와 차가 있었단다. 그런데 갑자기 급한 일이 생겨서 최대한 빨리 청두로 돌아가자고 하다가 그만 기사와 틀어지고 말았다. 길도 험하고 날씨도 나쁜데 서두르다 사고가 날 수도 있다며 바로 돌아갈 수 없다는 기사를 재촉한 게 화근이었다. 결국 대판 말싸움이 벌어졌고 기분이 상한 기사는 그들을 버려두고 혼자 가 버렸다. 그렇게 두 사람이 발만 동동 구르던 차에 우리, 정확히 말하면 우리를 실은 승합차와 기사가 나타난 것이다.

그들은 우리 쪽 기사에게 몰래 접근해서 돈을 두 배로 줄 테니 자신들과 청두로 가 달라고 했다. 때마침 화장실에 가던 지연이 그 현장을 발견하지 못했다면 어떻게 됐을지 생각만 해도 등골이 오싹해졌다.

남녀의 사정을 듣고 나자 우리는 아무 말도 하지 못했다. 그들의 처지가 딱했기 때문이다. 게다가 우리도 마침 돌아갈지 말지를 고민하고 있던 터라 더욱 그랬다. 어차피 돌아가야 한다면 두 사람을 데리고 가지 못할 것도 없었다. 하지만 우리를 속이고 기사를 '빼돌리려' 했다는 점은 괘씸했다.

문제는 또 있었다. 모두를 태우기에는 우리 승합차가 너무 작았다. 기사를 제외한 우리 네 사람도 짐 사이에 끼어서 겨우 타는 마당에 과연 성인 두 사람이 더 탈 수 있을까?

남녀는 연거푸 사과하며 제발 도와달라고 사정했다. 여자 쪽은 눈물까지 그렁그렁해서 애걸복걸했다.

결국 마음이 약해진 우리는 그들을 제일 가까운 큰 마을까지 데려다주기로 했다. 큰 마을에 가면 쉽게 차를 구할 수 있을 테고, 우리는 아직 이 여행을 마칠 결심이 서지 않았기 때문이다. 자리가 좁은 문제는 두 팀으로 나뉘어 이동하는 것으로 해결했다. 조금 불편하긴 해도 어쨌든 그게 우리가 생각해 낼 수 있는 최선책이었다. 그들이 내민 차비도 받지 않았다. 이왕 도와주기로 했는데 굳이 돈을 받는 것도 우스웠다.

식당으로 들어가 짐을 챙기며 우리는 두런두런 이야기를 나눴다. 지연은 이대로 청두에 돌아가는 게 어떻겠냐고 제안했지만 미희가 절대 안 된다며 펄쩍 뛰었다. 나도 여기까지 와서 제대로 놀지도 보지도 못하고 가기에는 아깝다는 입장이었다. 우리는 의논 끝에 일정을 바꿔서 여행을 계속하기로 했다.

그런데 그때 식당 주인이 헐레벌떡 들어오며 외쳤다.

"빨리 나와 봐요! 아가씨들 차, 떠나는 것 같은데?"

우리는 깜짝 놀라 구르듯 뛰어나갔다.

눈 쌓인 바닥에는 차에 실었던 짐이 아무렇게나 나뒹굴었고, 그 앞쪽으로는 바퀴 자국이 선명했다. 그리고 그 자국 끝에 지평선 너머로 사라져 가는 승합차가 보였다. 우리가 고심 끝에 내놓은 중재안이 마음에 들지 않았던 남녀가 돈 욕심 많은 기사를 꼬여서 우리를 버리고 간 것이다!

우리는 족히 몇 분 동안 아무 말도 못 한 채 멍하니 눈밭에 서 있다가 동시에 분노를 터뜨렸다. 좀처럼 흥분하는 일이 없는 현주마저 참지 못하고 거친 욕을 쏟아 냈다.

"이 사람들 미친 거 아니야?"

"진짜 사람 같지도 않은 것들!"

"돈에 눈이 멀었냐!"

"가다가 확 굴러 버려라!"

"우리 이제 어떡해!"

…

마지막 누군가의 외침에 정신이 확 들었다.

그러게, 이제 어떡하지?

우리는 어깨를 늘어뜨리고 터덜터덜 식당으로 돌아갔다. 각자 쓰러지듯 의자에 앉는 우리를 식당 주인이 안쓰럽게 쳐다봤다. 그리고 정 방법이 없으면 가까운 친구에게 전화를 걸어 보겠다며 호의를 베풀었다. 몇십 킬로미터 떨어진 마을에 차를 가진 친구가 있다는 것이다. 다만 비용이 많이 들 테고, 좀 오래 기다려야 한다고 했다. 찬밥 더운밥 가릴 처지가 아니었다. 다른 선택지가 없었던 우리는 주인의 제안을 고맙게 받아들였다.

오지도 가지도 못하고 발 묶인 신세가 되니 할 수 있는 것이라곤 술 마시는 일뿐이었다. 우리는 개만도 못한 남녀와 돈독 오른 기사를 안주 삼아 잘근잘근 씹으며 술을 마셨다. 그들을 씹을수록 술잔 도는 속도는 빨라졌고, 취기가 오를수록 분노도 같이 상승했다. 지연이 한마디 했다.

"야야, 여기서 우리끼리 열 낼 거 없어. 내가 그 기사 놈 차 번호 기억하거든. 청두에 아는 기자도 있어! 돌아가자마자 우리가 무슨 꼴을 당했는지 다 말하고, 기사로 써서 터트리라고 하자. 이딴 못된 짓 다시는 못 하게 만천하에 드러내서 망신 주자고!"

그제야 모두 분노가 조금 가라앉았다.

족히 일고여덟 시간이 흐르고 나서야 식당 주인이 부른 차가 도착했다. 이번 기사는 도망간 기사보다 대하기가 더 까다로웠다. 사투리도 훨씬 심했고 얼굴에는 짜증이 가득했다. 마을에 운전할 줄 아는 사람이 몇 명 더 있지만 오겠다고 한 사람은 자기뿐이었고, 내일은 자기도 일하러 가야 해서 시간이 많지 않다고 했다.

또 눈이 더 심하게 오면 아예 다닐 수가 없으니 차라리 지금 출발하자고 독촉했다. 그 말에도 일리가 있었기에 우리는 군말 없이 짐을 챙겨 차에 올랐다.

부루퉁한 태도와 달리 기사의 운전 실력은 기대 이상이었다. 굽이굽이 험한 산길을 능숙하고 빠르게, 게다가 안정적으로 주파하는 그의 솜씨에 절로 감탄이 나왔다. 우리가 호들갑스럽게 칭찬하자 그의 낯빛도 조금씩 좋아졌고 나중에는 우리와 농담을 주고받을 만큼 심드렁했던 관계가 풀렸다. 심지어 우리에게 가고 싶은 곳이 없냐고 묻기까지 했다. 시간을 봐서 도중에 잠시 들렀다 갈 수도 있다는 것이다.

우리는 다시 신이 났다. 방금까지만 해도 청두로 돌아가면 뒤도 돌아보지 않고 집으로 가는 비행기에 몸을 실을 생각이었지만 기회가 생기자 젊은이 특유의 기운찬 긍정 회로가 또다시 돌아가기 시작했다. 길게 고민하지 않고 백옥사로 길을 잡았다. 마침 가는 길에 있기도 하거니와 아름답고 신비로운 풍광으로 유명했기 때문이다. 백옥사를 내 눈으로 볼 수 있다면 여태껏 겪은 모든 재수 없는 일도 전부 다 괜찮아질 것만 같았다.

다들 신나서 다시 재잘대는데 현주만 뒷좌석에 몸을 깊이 묻고 눈을 감은 채 아무 말이 없었다. 이상해서 자세히 보니 얼굴빛이 창백했다. 지연이 얼른 손을 내밀어 그녀의 이마를 짚어 보고는 깜짝 놀라 말했다.

"얘 열나."

다들 놀라서 앞다투어 현주의 이마를 만져 보았다. 정말 가슴이 철렁 내려앉을 정도로 뜨거웠다.

추운 날씨에 일정을 너무 오래 지체한 탓일까. 게다가 싸우고 화내느라 감정 소모도 크지 않았던가. 안 그래두 몸이 약한 현주가 기어코 탈이 난 모양이었다. 기사 역시 심각해졌다.

"이 근처 마을들은 너무 작아서 병원이 없어요. 간즈까지 가야 있어요. 서둘러야겠구먼. 여기는 해발 3천 미터예요. 이런 높이에서 열이 나는 건 좋지 않아요. 금방 위험해질 수 있거든"

그는 말을 마치자마자 자동차의 속도를 올렸다.

가까스로 간즈에 도착한 때는 이미 새벽이었다. 병원 앞에서 초조하게 기다리다가 문을 열자마자 진료를 받았다. 의사는 현주를 살피고 약을 처방한 뒤 링거를 놔 주었다. 현주가 링거를 맞을 동안 우리는 병원 근처의 여관에 짐을 풀고 대강 눈을 붙였다.

다행히 현주의 열은 금방 떨어졌고, 눈도 그쳤다. 그대로 청두로 직행하자고 의견을 모으는 중에 외려 현주가 원래 계획대로 백옥사에 들렀다 가자며 고집을 부렸다. 기사도 돈을 좀 더 벌고 싶었는지 현주의 편을 들었다. 백옥사의 경치는 특별한 구석이 있다며 이번 기회를 놓치면 언제 또 가보겠냐는 말까지 했다. 결국 원래 계획대로 백옥사로 향했다.

달릴수록 고도가 점차 낮아졌다. 주변 풍광도 전형적인 고산지대에서 계곡으로 바뀌어 갔다. 좀 전까지 눈이 내린 탓에 강 주변의 길은 온통 진흙으로 변해 있었다. 자연히 차의 속도도 느려졌는데, 기사가 마을이 나타날 때마다 멈춘 탓에 길이 더욱 지체됐다. 왜 그러느냐고 묻자 임시 검문 때문이라고 했다. 이 주변에 관광객의 차를 노리는 강도가 많아서 검문을 자주 한다는 것이다.

백옥사에 가까워질 무렵 난관이 나타났다. 너무 심한 진흙 길에 바퀴가 푹푹 빠져 차가 도무지 나아가지를 못했다. 기사가 내려서 한참을 살피더니 미안한 기색으로 말했다.

"차 무게를 줄여야 통과할 수 있을 것 같아요. 미안하지만 저 앞쪽까지는 걸어가셔야겠어요. 나는 다시 천천히 차를 몰아서 여길 빠져나가 볼게요."

길 한쪽은 깎아지른 절벽 아래였고 다른 쪽은 계곡이었다. 절벽 아래쪽은 무릎까지 빠질 정도로 진흙탕이 깊었고, 계곡 쪽은 그만큼 깊진 않았지만 바로 옆이 수 미터 낭떠러지였다. 미끄러져 떨어지기라도 한다면 거칠고 빠른 물살에 쓸려 뼈도 못 추릴 게 분명했다.

우리는 그나마 진흙이 덜 쌓인 곳을 골라 디뎌 가며 조심스레 앞으로 향했다. 바로 옆 계곡에서 물 흐르는 소리가 천둥처럼 들렸다. 안 그래도 고소공포증이 있는 현주는 그냥 주저앉고만 싶은 표정이었다. 하얗게 질린 얼굴이 안쓰러웠지만 그렇다고 누가 누구를 도와줄 상황도 아니었기에 그저 열심히 한 발 한 발 나아갈 수밖에 없었다.

몇 걸음만 더 가면 마른 땅을 디딜 수 있는 거리에 다다랐을 때 갑자기 날카로운 비명과 함께 '철푸덕' 하는 소리가 뒤에서 들려왔다. 지연이 넘어진 것이다. 엉덩방아를 찧은 그녀는 그대로 낭떠러지 근처까지 미끄러졌다. 다행히 낭떠러지 앞에서 아슬아슬하게 멈추긴 했지만 1미터만 더 미끄러졌어도 그대로 떨어질 판이었다. 제일 가까이 있던 미희가 가까스로 그녀를 붙잡아 일으켰고 우리는 서로 손에 손을 잡고 인간 밧줄이 되어 진흙탕을 빠져나왔다. 드디어 안전한 곳에 다다랐을 때는 추운 날씨에도 모두가 땀범벅이 되어 있었다.

잠시 후 기사가 차를 몰고 도착했다. 현주는 땀에 젖어 벌벌 떨었고, 지연은 온통 진흙투성이가 된 채 각자 차 뒷자리에 말없이 쓰러졌다. 우리가 할 수 있는 일이라고는 기사에게 좀 더 빨리 가 줄 수 있느냐고 부탁하는 것뿐이었다.

무거운 침묵을 싣고 몇십 분을 달린 끝에 마침내 백옥사에 도착했다. 우리는 숙소를 잡고 뜨거운 물에 몸을 담그며 긴 하루를 가까스로 마감했다.

#2

다음 날, 우리는 아침 일찍 일어나 그토록 보고 싶었던 백옥사를 실컷 구경했다. 힘들게 찾아온 길이라 더욱 감개무량했다. 하지만 오래 머물지는 못했다. 안 그래도 컨디션이 저조했던 현주의 상태가 급격히 나빠졌기 때문이다. 우리는 더 지체 않고 청두로 돌아가 큰 병원에 가 보기로 했다.

서두른다고 서둘렀는데도 백옥사를 떠난 때는 이미 오후였다. 출발한 지 얼마 되지 않아 현주는 다시 열이 나기 시작했다. 전날 진흙탕을 걸으며 고생해서 그런지 전보다 열이 훨씬 심하게 올랐다. 현주는 오한이 든다며 벌벌 떨었다. 기사가 현주의 상태를 보고 시간을 따져 보더니 조금이라도 빨리 병원에 가는 게 좋겠다며 청두 말고 간즈로 가자고 했다. 더 가깝고, 여차하면 숙박도 가능하다는 게 이유였다. 먼젓번 간즈에서 진료받았을 때 효과가 있었던 것을 떠올리며 우리는 기사의 제안에 동의했다. 당상은 열을 떨어뜨리는 게 가장 중요했기 때문이다.

기사는 고개를 끄덕이고 무언가 더 말하려다가 돌연 입을 꾹 다물었다.

그는 운전대를 꽉 움켜잡은 채 전방을 뚫어지게 주시했다. 그러더니 귀신이라도 본 사람처럼 안색이 변해서는 이를 갈며 욕을 내뱉었다.

"이런 젠장…!"

기사는 액셀을 힘껏 밟았다. 차가 급가속을 하며 무섭게 앞으로 달려가다가 크게 커브를 돌았다. 마치 무언가를 피하는 듯한 움직임이었다. 그리고 다시 미친 듯이 앞으로 내달렸다.

꺅! 우리는 모두 새된 비명을 질렀다. 기사가 큰 소리로 외쳤다.

"다들 꽉 잡아요!"

눈앞이 어지럽고 정신이 하나도 없었다. 마침 조수석에 타고 있던 나는 죽을힘을 다해 천장 손잡이를 잡고 매달렸다.

그때 우리 차 옆으로 거대한 검은 물체가 무섭게 다가오더니 '텅' 하는 소리와 함께 차체가 순간적으로 크게 휘청였다. 나는 그 바람에 머리를 차창에 세게 부딪쳤다. 안전벨트를 하고 있지 않았다면 튕겨 나갔을지도 모를 일이었다.

차 안은 온통 날카로운 비명으로 가득 찼다. 분명치는 않지만, "차 멈춰! 죽여 버리기 전에!" 같은 종류의 험한 말도 들렸다. 하지만 기사는 차를 멈추기는커녕 더욱 거세게 속도를 올렸다. 그와 동시에 창밖으로 머리를 내밀고 큰 소리로 쌍욕을 퍼부었다. 그러기가 무섭게 차체가 또 한 번 크게 흔들렸고 다들 히스테릭하게 소리를 질렀다.

그제야 무슨 일인지 알 수 있었다. 우리는 알 수 없는 이들로부터 공격받고 있었던 것이다!

그다음부터 전쟁통을 방불케 하는 난리가 벌어졌다. 기사는 있는 힘껏 액셀을 밟았고 차는 곧 날아오르기라도 할 듯 무서운 속도로 달려갔으며, 그와 동시에 뒤에서 '와장창' 하는 소리가 들렸다. 뒤에 앉은 친구들의 울음과 비명이 한층 높아졌다. 뭔가 사달이 난 게 확실했지만 뒤를 돌아볼 엄두가 나지 않았다. 아직도 진흙 구덩이가 여기저기 팬 거친 도로를, 기사는 F1에서나 볼 법한 속도로 돌파하고 있었기 때문이다. 그로 인해 차체는 롤러코스터처럼 흔들렸다. 잘못 돌아보았다가는 고개가 부러질 지경이었다. 조수석 보조 손잡이를 잡고 죽어라 매달려 있는 일 외에는 할 수 있는 게 없었다. 창밖의 산과 나무들이 '빨리 감기' 버튼을 누른 것처럼 정신없이 휙휙 지나갔다.

기사는 단숨에 몇십 킬로미터를 내달렸다. 그리고 더 이상 뒤에 따라붙는 차가 없는 것을 확인하고 나서야 속도를 줄였다. 나는 가까스로 고개를 돌려 그를 쳐다봤다. 이마에 굵은 땀방울이 송송 맺혀 있었고, 얼굴은 잔뜩 일그러져 있었다. 무심결에 깨물었는지 입술에 핏기도 비쳤다. 나는 벌벌 떨며 가까스로 고개를 돌려 뒷좌석의 상황을 살폈다.

그야말로 아비규환이었다. 뒤 차창이 완전히 깨져서 찬바람이 그대로 들이쳤고, 차 바닥에는 주먹만 한 돌들이 떨어져 있었다. 울먹이며 다들 괜찮냐고 묻자 다행히 돌에 맞은 사람은 없지만 지연이 정신없는 와중에 떨어지는 차창을 받치려다 그만 깨진 유리에 어깨를 다쳤다고 했다. 지연은 어깨를 움켜쥐고 신음했다. 상처가 깊은지 피가 계속 흐르는 바람에 지연의 옷뿐만 아니라 좌석에도 피가 낭자했다. 게다가 그 옆에는 현주가 엎드린 채 격렬하게 구역질을 하고 있었다. 열 때문인지 너무 놀라서인지 알 수 없었다. 미희는 완전히 넋이 나가서 연신 "어떡해, 어떡해…"라며 울기만 했다.

"괜찮아, 이제 괜찮아."

나는 친구들을 다독이며 기사에게 물었다.

"아저씨, 방금 뭐였어요?"

대답하는 기사의 목소리가 가늘게 떨렸다.

"차 강도가 분명해요, 길을 떡하니 막고 있더라고요. 그래도 운이 좋았어요, 간신히 피해 갈 만한 여유 공간이 있었거든요. 그 덕에 빠져나온 거죠."

만약 그대로 잡혔다면 어떻게 됐을까. 상상도 하기 싫었다.

간즈까지 얼마나 남았냐고 묻자 세 시간이라는 대답이 돌아왔다. 나는 지연을 돌아봤다. 상처를 누른 옷가지가 피에 젖어 드는 것을 보니 지혈이 제대로 되지 않은 게 분명했다. 지연은 고통스러운 듯 미간을 찌푸린 채 작게 신음했다.

"지름길 같은 건 없나요?"

기사는 고개를 저었다. 그리고 뭐라고 밀하려는 찰라, 차가 부르르 떨리더니 갑자기 멈춰 섰다. 우리는 잔뜩 긴장한 채 기사가 황급히 내려 차 뒤로 돌아가는 모습을 바라봤다. 그는 이리저리 한참을 살피더니 어깨를 늘어뜨린 채 다시 차에 탔다. 무슨 일이냐고 묻자 기사가 멍한 눈빛으로 중얼거렸다.

"큰일 났어요. 뒤쪽 타이어가 다 터졌어요. 날카로운 돌조각이 박힌 모양인데, 그것도 모르고 그렇게 달렸으니…."

우리는 놀라서 온몸이 굳어 버렸다. 지연이 가늘게 흐느끼기 시작했다.

#3

날이 완전히 어두워졌다. 우리는 차 안에 웅크린 채 벌벌 떨었다. 이 계절의 찬시는 낮과 밤이 매우 다르다. 낮에는 괜찮지만 밤이 되면 기온이 한겨울과 비슷한 정도로 떨어진다. 더구나 깨진 차창으로 찬바람이 무섭게 들이치니 히터를 아무리 튼다 한들 기름만 낭비하는 꼴이었다. 외투와 배낭 등으로 창을 막아 보았지만 사이사이 한기가 새어 들어오는 것까지 막을 수는 없었다. 뼛속까지 스미는 추위에 다들 고통스러워했다.

낮이라면 백옥사에서 간즈로 향하는 관광버스들이 수시로 다녔겠지만 이미 운행이 끝났을 시간이었다. 그렇다고 다른 차가 나타나기를 기대하기도 힘들었다. 관광버스를 제외하면 다니는 차가 별로 없는 길이었기 때문이다. 더구나 늦은 저녁이니 한참을 기다려도 차 한 대 보지 못하는 게 당연했다.

기사가 궁여지책으로 주변의 마른 나뭇가지를 주워 와 모닥불을 피웠다. 그는 우리를 모닥불 주변으로 불러 모으며, 이렇게 하면 몸도 덥힐 수 있고 다른 차들의 주의를 끌 수 있다며 기운을 북돋웠다. 그때 미희가 눈치 없이 물었다.

"이 불빛을 보고 차 강도들이 나타나면 어떡해요?"

기사는 입을 꾹 다물었고 나는 그녀에게 불붙은 장작을 던지고 싶은 심정이었다. 이 상황에서 차 강도가 나타난다면? 굳이 물을 필요가 뭐 있나, 끝장이지. 그렇다고 다른 뾰족한 수가 있는 것도 아니었다. 우리는 타닥타닥 타오르는 모닥불만 우울하게 바라봤다.

얼마나 지났을까. 어둠을 뚫고 저만치에서 전조등 불빛이 다가왔다. 기사는 용수철이 튕기듯 일어나 힘껏 손을 흔들며 소리를 질렀다. 우리도 기대에 차서 그를 따라 소리쳤다.

얼핏 봐도 우리가 모두 탈 수 있을 만큼 큰 차였다. 만약 이곳에서 벗어날 수 있게만 해 준다면 돈은 얼마를 주어도 아깝지 않다고 생각했다. 그 시점에서 우리에게 돈은 더 이상 중요한 것이 아니었다. 우리는 기대감에 눈을 빛내며 가까워지는 차를 간절히 바라봤다. 하지만 그 차는 달려오던 속도 그대로 우리를 지나쳐 그대로 달려가 버렸다.

기사는 천천히 손을 내리며 길게 한숨을 내쉬었다.

"…아마 우리를 차 강도로 알았나 봅니다."

그랬을 수도 있고, 아니면 단순히 귀찮은 일을 피하려는 것일 수도 있었다. 어느 쪽이든 상관없었다. 희망이 사라졌다는 점은 마찬가지니까.

이후로도 차가 몇 대 더 지나갔고, 그때마다 우리는 미친 사람처럼 팔짝팔짝 뛰고 소리를 질렀다. 그러나 아무도 멈추지 않았다. 거들떠보는 사람조차 없었다.

결국 다들 허탈함에 주저앉았다. 추위도 느껴지지 않았다. 눈물은 말라붙고 쉬어 버린 목은 따갑기만 했다.

그동안 지연과 현주는 모닥불 옆에 앉아 서로 기대어 있었다. 피범벅이 된 옷가지로 어깨를 싸매고 있는 지연은 보기엔 섬뜩했지만 정신은 말짱했다. 상처가 얼마나 깊은지 알 수 없지만 다행히 피는 일단 멎은 듯했다.

문제는 현주였다. 얼핏 잠든 듯 보였지만 자세히 보니 입술을 달싹이며 무언가 중얼거리고 있었다. 가까이 가서 귀를 기울여 본 나는 모골이 송연해졌다. 온통 헛소리였기 때문이다. 나는 깜짝 놀라 그녀의 이름을 부르며 어깨를 흔들었다. 현주는 설핏 눈을 떴다가 곧 다시 감아 버렸다.

기사가 다가와 현주의 이마를 짚어 보고는 심각한 표정으로 말했다.

"열이 너무 심해요. 뇌수종일 수도 있겠는데. 빨리 병원으로 옮겨 치료를 받게 하지 않으면 폐수종까지 올 수 있어요. 그렇게 되면 정말 큰일입니다!"

병원으로 옮긴다고? 어떻게? 발이 완전히 묶여 버렸는데?
젊고 혈기 왕성한 우리는 고산지대에 오면서 산소통 하나 챙기지 않을 만큼 어리석었다. 일단은 비상용으로 챙겨 온 고산병 치료제를 현주에게 먹였으나 무용지물이었다. 체온계가 없어서 정확히 열이 몇 도나 되는지도 알 수 없었다. 그야말로 속수무책, 할 수 있는 게 아무것도 없었다.

기사가 가까스로 휴대전화 신호가 터지는 곳을 찾아 여기저기 연락했지만 도와줄 만한 사람을 찾지 못하는 듯했다. 현주는 이미 반쯤 혼수상태였다. 과연 그녀가 버틸 수 있을까. 고통에 일그러진 현주의 얼굴을 보며 우리는 불길함에 몸을 떨었다.

미희가 기어들어 가는 목소리로, 쥐어짜듯 물었다.

"현주⋯, 죽는 거야?"

"재수 없는 소리 하지 마."

"정말 그렇지 않다해도⋯, 만약의 상황을 대비해서 가족한테 연락해야 하지 않을까? 만약 여기서 진짜 잘못된다면 현주도, 가족도 가슴에 한이 될 텐데⋯."

"그럼 누가 전화할 건데? 네가 할래?"

우리는 다시 무거운 침묵에 빠졌다.

일단 현주를 차 안에 옮겨 눕히고 차 밖으로 나왔다. 몸이 부들부들 떨렸다. 단순히 추워서만은 아니었다. 친구 둘이 쓰러졌고,

그중 하나는 생명이 위험하다. 그나마 멀쩡한 둘은 신경이 당장 끊어질 듯 곤두서 있었다. 모닥불 너머 어둠 속에 알지 못할 공포와 위험이 도사리고 있는 것 같아 괜히 자꾸 눈길이 향했다.

✦ ✦

대체 어디서부터 꼬였을까.

우리는 왜 이렇게 됐을까.

어쩌면 이 여행은 시작부터 잘못되었던 게 아닐까.

어쨌든 현주의 가족에게 연락해야 했다. 하지만 누구도 선뜻 나서지 못했다.

네 명이 떠나왔는데, 한 명은 돌아가지 못할 수도 있다니. 어떻게 설명해야 할까. 대체 뭐라고 대답해야 좋을까.

예전에 소설 같은 데서 '저기 누워서 죽어 가는 게 차라리 나였으면 좋겠다'라는 식의 표현을 보면 말도 안 된다고만 생각했었다. 개똥밭에 굴러도 이승이 낫다는데 대신 죽고 싶다는 게 말이 되나.

하지만 이 순간만큼은 진심으로 차 안에서 혼수상태에 있는 게 현주가 아닌 나이길 바랐다. 차라리 그편이 그녀의 가족에게 나쁜 소식을 전하는 것보다 나을 것 같았다. 여행을 떠날 때까지만 해도 건강했던 딸이 돌연 사경을 헤매고 있다는 이야기를 부모에게 어떻게 한단 말인가. 생각만 해도 입이 마르고 가슴이 욱신거려서 죽을 지경이었다. 참담하고, 고통스럽고, 괴로웠다.

결국 그나마 현주의 가족과 친분이 있는 미희가 전화하기로 했다. 그녀는 떨리는 손가락으로 현주의 어머니에게 전화를 건 후 스피커폰으로 돌렸다. 신호가 가는 동안 두려움에 구역질이 나올 것만 같았다.

현주의 어머니가 밝은 목소리로 전화를 받았다. 무슨 일이냐는 물음에 미희가 떨리는 목소리로 말했다.

"아주머니, 놀라지 말고 들으세요. 현주가…, 현주한테 일이 좀 생겼어요. 그게…"

그녀는 더듬거리며 현재 상황을 설명했다. 설명이 끝난 뒤에도 전화기 저편은 고요하기만 했다.

침묵이 그렇게 무서울 수도 있다는 사실을 그때 처음 알았다. 휴대전화가 뜨겁게 달궈진 쇠붙이인 양 우리는 서로에게 떠밀었다. 감히 숨소리조차 내지 못한 채 몇 분이 흘렀다. 영원 같은 시간이었다.

결국 우리는 무너지고 말았다. 미희가 눈물을 문질러 닦고 큰
소리로 말했다.

　　"아주머니, 걱정하지 마세요! 우리가 현주를 구해 낼게요! 반드
시 무사히 데리고 돌아갈게요!"

　　이를 시작으로 우리는 봇물 터지듯 앞다투어 소리쳤다.

　　"맞아요! 약속할게요. 만약…, 만약 혹시라도 현주에게 무슨 일
이 생기면 저희 모두 아주머니의 딸이 될게요. 저희가 다 책임질
게요! 아주머니, 죄송해요, 죄송해요! 정말 죄송해요…!"

　　마침내 소리가 들려왔다. 나이 지긋한 중년 여인의 침착한 목
소리였다.

　　"알겠다. 일단 현주 아빠한테는 알리지 말아야겠구나. 심장이
안 좋거든."

　　우리는 그러시라고 열심히 대답했다.

"현주와 통화할 수 있을까?"

아주머니의 물음에 우리는 서로를 망연히 바라봤다. 현주는 지금 열에 들떠 헛소리만 하는데 과연 통화가 될까. 힘들 것 같다고 대답하자 아주머니는 알겠다고 했다. 지금 당장 청두로 가겠다는 말도 덧붙였다.

"일단 거기 사는 친구한테 연락해서 도와줄 수 있는지 물어봐야겠구나."

우리는 두서없이 알겠다, 고맙다, 죄송하다 따위의 말들을 마구잡이로 뱉어냈다.

아주머니는 잠시 침묵하다 말했다.

"그럼…, 다시 연락하자꾸나."

전화가 끊겼다.

그로부터 몇 분이나 흘렀을까. 미희가 갑자기 휴대전화를 끌어안더니 주저앉아 큰 소리로 울기 시작했다. 나와 지연도 그녀를 따라 끝없는 눈물을 흘렸다.

차라리 아주머니가 우리를 나무랐다면 좋았을 것이다. 아니면 지금 우리처럼 큰 소리로 울었어도 좋았을 것이다. 하지만 그녀는 그렇지 않았다.

그때 처음으로 알았다. 사랑하는 이가 삶과 죽음의 경계에 놓였다는 사실을 안 사람은 무너지지 않는다는 것을. 아니, 무너질 수 없겠지. 어떻게든 구해야 하니까. 문제를 해결하고, 또 다른 가족을 지켜야 하니까. 그때까지는 무너질 수 없을 터다.

이런 슬픔의 방식은 몹시도 낯설었다. 울음소리 한 자락 흘리지 않지만 창자가 끊어지는 듯한 고통이 고스란히 느껴지는, 상상조차 못한 슬픔.

내 생애 가장 추운 밤이었다.

구름 낀 하늘에서 듬성듬성 별빛이 떨어지고 사위는 무서우리만치 고요했다. 다음 순간에 무슨 일이 벌어질지, 언제쯤이나 이 어둠이 끝날지 아무도 몰랐다. 그저 열이 펄펄 끓는 친구의 차가워진 손발을 주무르고, 피가 배어 나온 상처를 싸매며, 끝이 보이지 않는 공포와 온갖 불길한 생각을 떨치려 애쓸 뿐이었다. 어서 도움의 손길이 도착하기를, 친구가 조금만 더 버텨 주기를, 어서 날이 밝기를 바랄 뿐이었다. 피곤과 추위에 지쳐 눈꺼풀이 무거워졌지만 아무도 감히 잠들지 못했다.

길고 무서운 밤, 새벽이 오기는 할까.

그때 기사가 벌떡 일어나더니 쉰 목소리로 외쳤다.

"자동차다!"

우리는 희망을 잃은 지 오래였지만 기사는 힘차게 손을 흔들었다. 결과는 마찬가지, 차는 또다시 우리를 지나쳐갔다. 나는 순간, 발끈해서 소리쳤다.

"됐어요, 그만해요! 소용없다고요!"

그런데 지연이 어깨를 움켜잡고 힘겹게 몸을 일으키며 중얼거렸다.

"내가 잘못 봤나…. 방금 지나간 차, 우리 버리고 간 그 차 같지 않았어?"

우리는 동시에 고개를 길게 빼고 차의 뒷모습을 뚫어지게 바라봤다. 그런데 맞다 그르다 채 말하기도 전에 차가 멈춰 서더니 천천히 후진해서 왔다. 기사가 얼른 우리 차의 전조등을 켰다. 어둠 속에 후진하다 부딪치기라도 할까 봐 걱정됐기 때문이다. 그 차는 조금 떨어진 곳에 멈췄고, 우리는 그쪽으로 달려갔다. 우리가 도착할 때쯤 그 차의 운전자도 차 문을 열고 내렸다.

정말 그 사람이었다. 우리를 버리고 간 그 기사!

대체 어떤 표정을 지어야 할지 알 수 없었다.

여태껏 우리가 겪은 모든 불행을 그의 탓으로 돌리며 드잡이를 해야 할까? 아니면 도와달라고 무릎 꿇고 빌어야 하나?

그는 무척 겸연쩍은 표정으로 우리를 힐끔거렸다. 다행히 차에 올라타 가 버리지는 않았다.

"빨리! 현주부터 차에 태우자!"

나는 본능적으로 외쳤다. 현주를 떠메어 차에 태우고 짐을 옮겨 싣느라 한바탕 소란이 벌어졌다. 지연은 상처를 붙들고 혼자 힘으로 차에 올랐다. 도망쳤던 기사는 현주의 상태를 보고 깜짝 놀라더니 정신없이 우리를 도와 짐을 날랐다. 짐을 욱여넣듯 실은 뒤 나머지 사람들도 차에 올랐다. 그리고 즉시 차 머리를 돌려 간즈로 달려갔다.

차 안의 분위기는 침울했다. 무거운 침묵을 먼저 깬 것은 그 기사였다.

"저, 미안합니다…. 사실 당신들을 데리러 돌아온 거예요. 아직 마니간거에 있을 줄 알고 그리로 가던 참이었는데 이런 곳에서 만날 줄이야…"

"그 두 사람은요?"

귀에 들린 내 목소리가 이상하리만큼 낯설었다.

"…그 사람들도 정말 급한 일이 있긴 했어요. 여자의 홀어머니가 위독해서…. 가까스로 시간을 맞춰서 임종은 지켰을 거예요. 사실 그 사람들도 엄청 괴로워했어요. 차를 타고 가는 내내 이런 후안무치한 짓은 처음이라며 울더군요. 나 역시 부끄러웠고요."

그는 점퍼 안주머니에서 두툼한 봉투를 꺼내 내밀었다.

"내가 받기로 했던 차비의 세 배예요. 그 사람들이 준 겁니다. 나도 좀 보탰고요…. 사과의 의미로 받아 주세요."

그는 억지로 봉투를 내 손에 쥐여주고는 뒷좌석을 향해 연거
푸 고개를 조아렸다.

"미안해요, 미안해요. 정말 미안합니다…"
"…일단 빨리 가 주세요."

하고 싶은 말이 정말 많았지만 결국 내 입에서 나온 말은 빨리
가 달라는 한마디뿐이었다.

몇 시간 후, 우리는 무사히 간즈에 도착했다.

먼저 현주가 응급처치실로 들어가고 지연은 봉합수술을 받았다.
남은 둘이서 응급실 밖에서 초조한 마음으로 기다렸다. 당장이라
도 기절할 것처럼 피곤했지만 잠은 오지 않았다. 기사들이 뭐라
도 먹으라며 음식을 사 왔지만, 입맛이 없어서 마다했다.

얼마나 지났을까. 마침내 응급처치실에서 의사가 나왔다. 그는
우리를 향해 옅게 미소 지으며 말했다.

"친구분은 괜찮습니다. 상태가 심각해지기 전에 와서 정말 다
행입니다. 지금 링거 맞고 있어요."

우리는 안도감에 주저앉았다. 절로 눈물이 났다. 의사는 조금

만 더 늦었으면 정말 목숨이 위험할 뻔했다며, 지금은 안정된 상태지만 되도록 빨리 청두의 큰 병원에 가서 정밀검사를 받아 보라고 했다. 우리는 고맙다며 연신 허리를 숙었다.

그 후 곧장 현주의 어머니에게 전화를 걸어 안심시켜 드렸다. 낭보를 들은 아주머니의 목소리가 가볍게 떨렸다. 우리는 청두에서 만나기로 하고 전화를 끊었다.

하지만 여행은 끝까지 힘든 일의 연속일 모양이었다. 청두로 향하는 가장 짧은 길이 너무 막혀서 어쩔 수 없이 좀 돌아가는 길을 택했는데 날씨마저 흐려졌다. 우리는 낮게 내려앉은 회색 구름을 올려다보며 청두에 도착할 때까지 비가 내리지 않기만을 기도했다.

모두가 지쳐 말없이 있는데 기사가 갑자기 창밖을 가리키며 말했다.

"저게 바로 그 유명한 단바의 망루랍니다."

저 멀리 푸른 나무들 위로 높이 솟은 망루 몇 채가 보였다.

그 기묘한 건축물은 회색 하늘을 배경으로 음울하게 서 있었다. 맑은 날이었다면 아름다워 보였겠지만 지금은 한없이 우울하기만 했다. 기사는 사진이라도 찍으라며 속도를 줄였지만 카메라를 꺼내 드는 사람은 아무도 없었다. 그럴 기분도 아니었거니와 찍는다고 해도 어두운 날씨 탓에 제대로 나올 것 같지 않았다.

그때 지연이 작게 탄성을 질렀다.

"애들아, 저것 좀 봐!"

기적 같은 일이 벌어졌다. 방금까지 두껍게 하늘을 덮고 있던 구름이 갈라지더니 황금빛 햇살이 쏟아져 망루를 비춘 것이다.

그러자 음울하기만 했던 풍경이 순식간에 바뀌었다. 다들 탄성을 지르며 차창에 달라붙었다. 현주마저도 피곤한 눈을 뜨고 그 광경을 바라보았다.

✦ ✦

빛은 망설이듯,

시험하듯,

애쓰듯,

찌르듯

망루들을 쓰다듬었다.

삶은 단순하지 않다.
가장 나쁜 인연이
위기에 빠진
나를 구하는 동아줄이
되어 나타날 수도 있다.

5

두툼한 구름층을 전부 꿰뚫고 나오지는 못했지만 사이를 비집고 나와 끊임없이 쏟아지며 모였다 흩어지기를 반복했다. 햇살의 축복을 받은 망루는 세월이 켜켜이 쌓여 만들어진 듯 장엄하면서도 신비로웠다. 성스러울 정도로 아름다웠다.

아무런 예고 없이 눈앞에 펼쳐진 장관에 우리는 아무 말도 할 수 없었다. 이번 여행 내내 말문이 막히는 순간이 많았지만 벅차오르는 감동 때문에 말문이 막히기는 이번이 처음이었다. 잠시 후 현주가 가만히 중얼거렸다.

"저건…, 신이 내려 주신 빛일까?"

알 수 없었다. 다행인 것은 우리가 각자 카메라를 꺼내 셔터를 누를 수 있을 만큼 젊은이다운 기운을 회복했다는 점이었다. 어쩐지 마음이 들떠 웃기도 했다. 마치 하늘이 독특한 방법으로 지난 며칠간 우리가 겪은 고난을 보상해 주는 것만 같았다.

현주는 카메라를 꺼내는 대신 내 어깨에 기대어 조용히 창밖을 바라봤다.

"무슨 생각해?"

내가 물었다.

"그냥⋯, 이 세상이 얼마나 신기한가 생각하고 있어."

그녀는 고개를 기울여 나와 눈을 맞췄다. 눈가가 촉촉이 젖어 있었다.

"앞으로는 아무리 엉망진창인 여행길이라도 조금의 기적은 반드시 일어날 거라 믿게 될 것 같아. 너는?"

나는 눈가를 문질러 닦고 웃으며 고개를 끄덕였다.

발아래 진창 때문에 걷기 힘들어도,

그 덕에 늪으로 미끄러지지 않을 수 있음을,

어둠이 잠시 눈앞을 가린다고 해도,

그 덕에 희미한 빛을 발견할 수 있음을,

낭떠러지 끝에서 손을 놓아버린 사람이,

어디선가 밧줄을 찾아들고 나타나

나를 구해 줄 것임을 우리는 믿을 수 있게 되었다.

위 이야기는 사진작가인 친구가 자기 인생에서 가장 위험하거나 가장 힘들었던 일은 아니지만 가장 잊기 힘든 여행이라며 들려준 경험담이다.

이 여행 이후로 그녀는 아무리 엉망진창인 것 같은 일도, 형편없어 보이는 경험도 지나고 보면 그렇게 나쁘지만은 않을지 모른다는 생각을 하게 되었다고 했다.

"현주는 어떻게 됐어? 여행 갔다가 죽을 뻔했으니, 더 이상 여행은 안 다니려나?"

"아니, 전혀. 지금도 잘만 다녀. 우리 넷이랑, 사시사철 때맞춰서."

"진짜? 가족들이 반대 안 해? 정말 위험했잖아."

친구는 씩 웃었다.

"어머니가 그러시더래. '그 친구들하고 가는 여행이면 안심할 수 있다. 어딜 가든 널 죽게 내버려 두지는 않을 테니까.'"

낯선 곳으로 떠나는 여행에서는 바로 다음 순간에 무슨 일이 벌어질지 알 수 없다. 혼자가 아니라 동행이 있다면 더더욱 그렇다. 예측할 수 있는 점은 단 하나, 모든 것이 일상과 달리 익숙하지 않으리라는 것뿐이다.

✦ ✦

다행히도 우리에겐 서로가 있다.
낯선 곳에서도 돌아보면 마주 웃어 주는 낯익은 얼굴이 있다.

그렇기에 낯섦이 기쁨이 될지,
두려움이 될지 모르면서도 용감히 길을 떠날 수 있다.

기대를 안고, 씩씩하게!